天声人語

2020年7月—12月

朝日新聞論説委員室

朝日新聞出版

目次

2020年7月

2020年8月

2020年9月

2020年10月

2020年11月

2020年12月

天声人語　2020年7月—12月

（令和2年）

装丁　加藤光太郎
装画　タダジュン

2020

7月

自由都市香港の命運　7・1

中国の習近平《シーチンピン》国家主席の等身大パネルを並べ、それぞれに黄色い傘を持たせる。香港で6年前、「雨傘運動」の取材中に見かけ、デモをする若者たちの遊び心を感じた。警察も黙認した。

路上のテントを回り、若者たちと話した。口々に語ったのは、政治にモノを言うことを怠った親世代への失望である。政府の「一国二制度で香港の自治は保たれる」という甘言を信じ、経済一辺倒でやってきた。それなのに香港経済は衰えた。「もう香港には未来がない」と。

国家ではなく一都市でもない。香港は不思議な街である。公正で平等な投票権はないのに、政治を批判する自由は認められている。雨傘運動には指揮系統がなく、10代の男女が壇上で堂々と中国共産党のあり方を批判していた。

その一人、周庭《アグネス・チョウ》さん(23)は、香港国家安全維持法をめぐってSNSに日本語で投稿を続けた。「仲間たちや私が、これから危険な状況になる」「日本の皆さん、自由を持っている皆さんがどれくらい幸せなのかをわかってほしい。本当にわかってほしい」

きのう成立した維持法では、中国政府が「国家安全維持公署」なる監視機関を香港に置く。国家分裂罪や政権転覆罪に問われれば、重い刑が科されるという。むき出しの権力性に背筋が冷たくなる。

政治を批判する自由を守ってきた香港の若者たちの、無念と恐怖を思う。国家主席をからかうパネルを路上に並べることのできた香港の懐の深さがいまではもう幻のようだ。

金閣寺炎上　7・2

70年前のきょう、京都で金閣寺が焼失した。14歳の徒弟僧だった江上泰山《たいざん》さん(84)は午前3時ごろ、異様な音に眠りを破られた。障子には炎が映る。慌てて飛び出すと、天を突く火柱が見えたという。

「シャッ、シャッと松の葉が音を立てていました。散水器も消火用の砂も役に立ちませんでした」。すさまじい火勢にだれもが立ち尽くす。金閣を囲む鏡湖池《きょうこち》に火の粉が花火のように降り注いだ。

21歳の兄弟子が火を放ったとわかったのは夜が明けたあと。点呼に一人だけ姿がない。居室はもぬけの殻で、碁盤と目覚まし時計が残されていた。夕刻、寺の裏の左大文字山で発見され、連れて行かれた。

兄弟子は出所からまもなく26歳で病死する。「いくら考えても、火を放たなくてはいけないような事情は思い当たらない。あの夜、あの一瞬だけ何かが外れたとしか言いようがありません」と江上さん。刑務所からは「お許し下さい」と懺悔《ざんげ》する手紙がたびたび届いたという。

取材後、三島由紀夫の『金閣寺』を読み直した。金閣の美に魂を奪われたとの見立てはなお古びていない。もう1冊、水上勉が20年かけて動機に迫った『金閣炎上』は、地味ながらズシリと心に響く。終戦から5年、貧しい学僧の胸には、復興の上り坂からひとり取り残されるような焦燥がなかったか。

梅雨の晴れ間に金閣寺を歩く。再建がかない、昭和の大修理をへて、世界遺産にもなった。70年前の青年僧の一瞬の狂気の跡は、境内のどこにも見えなかった。

米大統領補佐官の回顧　7・3

「次の大統領選ではトランプ氏に投票しません」。今週、ボルトン前米大統領補佐官は、本紙の取材にきっぱりと不支持を明言した。いやしくも1年半近く仕えた元上司である。話題の回顧録を電子版で読んでみた。

たとえば初の米朝首脳会談。シンガポールで両国先遣団の折衝が始まらないことにいらだったトランプ氏が命じる。「米国勢を先に撤収させろ。俺は女にふられるのが大嫌い。ふられるくらいなら先にふる」。一事が万事、感情まかせである。

安倍晋三首相についてトランプ氏が好んで語る逸話がある。父の晋太郎氏が大戦末期、特攻隊を志したと述べ、「彼はカミカゼ任務を果たせなかったと悔やんだ」。ボルトン氏は、「もし果たしていたら晋三氏が生まれなかったことまでは頭が回らない」とトランプ氏をからかう。

回顧の筆が熱を帯びるのは、トランプ氏の無知をさらすとき。英国との首脳会談の場で「貴国は核保有国ですか」と真顔で尋ねた。「フィンランドはロシアの一部か」と側近に確かめたこともある。

20年前、大統領の座に遠く手の届かなかったころのトランプ氏を取材した。張り切って予備選挙に挑んだものの、まったくの泡沫《ほうまつ》扱い。政策を語れず、外交を知らず、討論会では道化を演じた。それがいまでは再選に汲々《きゅうきゅう》としている。

米紙によれば、ボルトン氏が出版社と結んだ契約料は2億円を超す。それにしても、政権中枢にいた期間、側近としてトランプ氏の迷走を止められなかったのだろうか。

カエルの知略　7・4

俗に「ヘビににらまれたカエル」と言う。恐怖で身がすくみ動けなくなることを指す。絶体絶命の哀れなカエルが浮かぶ。だが最新の研究によれば、実はあの不動の姿勢こそ最善の防御策だという。

動物学者の西海望《にしうみのぞみ》博士(33)は、シマヘビとトノサマガエルの駆け引きを屋内外で撮影した。解析してわかったのは、カエルが先手をとって跳躍すると、空中では進路を変えられないため、ヘビに動きを読まれるおそれが高くなること。ヘビがしびれを切らして攻撃に出るのを忍耐強く待っていたらしい。

捕まえる側にとっても、先手は必ずしも上策ではなかった。ヘビは折り曲げた体をバネのように伸ばして突進する。もし最初の攻撃が空振りすると、再攻撃の前にまた体を曲げる時間が要る。その間に、田や川、池など水場へ逃げられるリスクが高まるそうだ。

研究には300時間以上を要した。在籍していた京都大周辺のほか、滋賀や三重、徳島でもカメラを回した。あぜに身を潜め、気配を殺してヘビを待つ。不審者かと思った住民が木刀を手に迫ってきたこともあったという。

ふいに浮かんだのは、昭和の大横綱双葉山の立ち合いである。後手をとるかに見せて優位に立つ「後《ご》の先《せん》」を理想とした。だれに教わったわけでもないのに、カエルたちが双葉山顔負けの知略を備えていたとは驚きである。

カエルの鳴き声が列島に響く季節である。研究に触れ、どうしてもヘビよりカエルの方を応援したくなる。古池や蛙《かわず》逃げ切れ水の音!?

熊本の豪雨　7・5

歌人の与謝野晶子は、夫の鉄幹とともに熊本県人吉市を訪れたことがある。球磨《くま》川の川下りも楽しんだようで、そのときに詠じた歌は、一緒に川面にいるような気持ちにさせてくれる。〈大ぞらの山の際《きわ》より初《はじ》まると同じ幅ある球磨の川かな〉

山と山の間にある大きな空。それと同じだけの幅があるという球磨川の雄大さが目に浮かんでくる。川沿いのまちの美しさは池に浮かぶハスにたとえられている。〈川あをく相良《さがら》の町の蔵しろし蓮《はちす》の池にうかべるごとく〉

広々とした川の、岸辺との境目すらなくなった映像がテレビに映っていた。おととい夜からの豪雨で球磨川が氾濫《はんらん》し、川辺のまちが水につかってしまった。行方不明や心肺停止などの報道が相次いでいる。

熊本県のあちこちで観測史上最多の雨量を記録した。1時間ほどのあいだに自宅が2メートル水没したという人の話が本紙西部本社版の夕刊にあった。あふれる水も崩れる土砂も、あっという間の出来事だったのだろう。救出を待つ人たちがいる。

梅雨の趣でもうっとうしさでもなく、梅雨のむごさを強く感じるようになった日本列島である。思えば3年前のきょうは九州北部が豪雨に、一昨年のあすは西日本が豪雨に見舞われている。「数十年に一度の雨」を、我がこととして考えねばならぬ季節である。

避難生活の難しさは常にあるが、今年は感染対策にも気を配らねばならない。被災地のつらさをウイルスも配慮してくれないかなどと、せんないことを考えてしまう。

独立記念日と奴隷制　7・6

「すべての人間は生まれながらにして平等であり……」で始まる米国独立宣言に感動するのは、

その内容だけでなく、1776年に書かれたという先進性だ。日本は身分制度に縛られた徳川時代で、欧州でも王制が続いていた。

ただし、ここで言う「すべての人間」に黒人は含まれていない。奴隷である黒人は私有財産であり、財産権は守るべき権利だった。宣言の起草者で後に大統領になるジェファーソンも、農園で奴隷を使っていた。

逃亡した奴隷を捜すため、彼が新聞に出した広告がある。「混血の奴隷。名はサンディー。左利き。連れてきた者には報酬を払う」。首尾よく見つかったのだろう、4年後にこの奴隷を売却したという（和田光弘著『植民地から建国へ』）。

7月4日は米国の独立記念日。今年はいつもと勝手が違ったのは、コロナ対策で祝賀の花火や集会が減ったからだけではない。米国に依然はびこる人種差別が問題になり、建国の歴史につきまとう奴隷制に目が向けられている。ジェファーソンの像に対する破壊行為も起きている。

奴隷制に関係する人物像の撤去は各地で相次いでおり、トランプ大統領は独立記念式典で「全体主義」「極左ファシズム」と非難したという。しかしいま指導者としてなすべきは、ともに歴史、とくに負の歴史に向き合おうと呼びかけることではないか。

過去をたたえつつも、疑ってみる。疑いつつ、かみしめてみる。歴史が重層的なものである以上、重層的に考えるほかはない。

都知事、2期目へ　7・7

小池百合子氏が世に広めた言葉に「クールビズ」がある。小泉内閣の環境相時代に提唱し、日本の夏から上着やネクタイを追い出すのに貢献した。では、こちらの古い言葉は覚えているだろうか。「省エネルック」である。

軽装が省エネに役立つとして、1970年代末に大平内閣が呼びかけた。首相や閣僚が率先して示したのは、スーツの上着を半袖にするという新奇な格好。見事な「企画倒れ」に終わった。

クールビズに限らず、キャッチフレーズを武器にするのは小池氏の持ち味で、都知事になっても変わらない。ときにカタカナ語、ときに数字を使いつつ。しかしその多くが省エネルックと同じ運命を辿《たど》りそうな気がしてならない。

1期目の公約は「七つのゼロ」で、待機児童、満員電車、都道沿いの電柱などをゼロにするというが、ほとんど達成できていない。「築地を食のテーマパークに」は一体どこに行ったのか。「東京アラート」は発動条件も効果もよく分からないものになった。

おととい再選された小池氏は「CDC（米疾病対策センター）東京版の創設」を強調した。し

2020・7月

かし「新たに建物をつくるわけではなく……」と語っているのを聞くと、これも尻すぼみにならないかと心配になる。ひねくれすぎだろうか。

「政治家の言葉が軽くなった」とはよく言われる批判だ。小池氏の場合、政治の言葉を面白くしているのは間違いない。しかしそれらが肉付けされないまま漂って消えるなら、軽い言葉より、もっと軽い。

ねむりの木　7・8

暑さが増す季節は、花に出会う機会が減っていくときでもある。アジサイが盛りを過ぎたら次の楽しみは真夏のサルスベリか。などと考えていたら、ネムノキが咲いていた。薄紅色の糸のような花はあまりに繊細で、指で触れても空気のようだ。

夜になると小さな葉が閉じ、眠るように見えるこの木は「ねぶ」「ねぶりのき」などとも呼ばれてきた。漢字は「合歓木」のほかにも「夜合樹」「夜合葉」などがあるそうで、どれも葉と葉が寄り添う姿を描く。「睡樹」は文字だけで眠気を催すような。

こうした葉の動きは「就眠運動」と呼ばれており、眠る植物はほかにもある。多田多恵子著

『したたかな植物たち』によると作法は様々で、クローバーは3枚の葉が立ち上がるのが寝姿。シソは葉をだらんと垂らして眠りにつく。

彼らの眠る理由はまだ解明されていないというが、何か自然の摂理があるのだろう。それに対し人間は、社会のあり方に眠りが左右される動物である。ときには睡眠を削り、労働や通勤の時間を確保する。

若い世代の睡眠時間が、この10年で1割ほど増えたと聞く。調査したビデオリサーチと電通によると、一因はスマホとみられ、横になって見ているうちに寝入る人も多いという。小さな機械は必ずしも夜更かしの友ではないらしい。

近所の公園のネムノキは、すぐそばにある街灯に照らされていた。安眠を妨げられぬかと思いきや、葉はきちんと閉じている。昼間とは違うたたずまいに、たくましさを見る。

2020・7月

続く豪雨被害　7・9

最近はあまり目にしないが、大げさな日本語の筆頭は「神武《じんむ》以来《このかた》」であろう。1950年代の「神武景気」の名は、神武天皇以来の好景気だと言われたから。古代の神話にすぎない天皇を引き合いに出すのもどうかと思うが、先例のないことだと強調する表現だった。

若い歌手を「神武以来の美少年」としたり、優れた棋士を「神武以来の天才」と呼んだり。神武……に限らず強い表現は耳目を引く。しかし何度も使えば言葉のインフレになるのが、つらいところだ。

何かこちらもインフレ気味のような、と一瞬思ってしまう最近の防災の言葉である。「これまでに経験したことのないような大雨」「命を守るために最善を尽くさなければならない状況」。しかし起きたことを見ると、誇張でも何でもない。

球磨川で、筑後川で、飛騨川で。濁った水が堤防からあふれ、まちを覆う。そんな映像をここ数日で何度見たことだろう。難を逃れた人の姿に安堵《あんど》する一方、あの命を救える手立てはなかったかと考え込む。

熊本県への大雨特別警報が出たのは午前5時前で、その直後には球磨川の氾濫《はんらん》が確認されている。正確な予測が難しいのはわかる。それでも空振り覚悟で、強い警報を早めに出すことはできなかったか。もちろん受け止めるほうも、避難が空振りしてもいいという構えがいる。

自分の住むところに次に起こる災害は、もしや開闢《かいびゃく》以来かもしれない。気持ちだけは、それくらいでいたほうがいい。過酷さを増す災害列島である。

書物への蛮行　7・10

書物を焼き払う「焚書《ふんしょ》」は独裁政治と縁が深い。ナチスドイツは多くの本を灰にしたが、作家ケストナーの作品も含まれていた。『ふたりのロッテ』など児童文学で知られる彼は詩人でもあり、ナチスを容赦なく皮肉っていた。

多くの著者の夥《おびただ》しい数の本が、ドイツ精神に反するとして図書館などから集められた。焚書の現場にケストナーは足を運び、その目で見たという。「政治的放火の炎」だったと後に述べている（『大きなケストナーの本』）。

焚書の蛮行に比べるのも大げさではないと感じる。香港の公立図書館で、民主活動家の著書の閲覧や貸し出しが停止された。反体制的な言動を取り締まる新法の影響だ。

中国寄りのメディアは、問題のある蔵書は他にも大量にあると煽《あお》っているという。表現の自由が死にかけているのは「香港独立」の掲示1枚で逮捕された例でも明白だ。人々が白紙を掲げてデモをせざるをえなくなっている姿は痛々しい。

自由があり、ゆえに経済も栄えるのが香港だった。しかし中国政府は本土の経験から、自由なき経済でもやっていけると自信をつけたのか。考えさせられるのは、香港で起きている異常事態が中国本土の日常だということだ。

このまま、習近平《シーチンピン》国家主席を国賓として歓迎する気持ちにはなれない。それでも対話の機会を生かすなら強い非難の言葉が必要だ。ケストナーの『飛ぶ教室』の台詞《せりふ》にある。「すべて乱暴狼《ろう》藉《ぜき》は、はたらいた者だけでなく、とめなかった者にも責任がある」

絶滅危惧の味　7・11

暑気払いに秋の話を一つ。作家の三浦哲郎《てつお》が、秋の里山に友人と分け入り、マツタケを採ったときのことを書いている。ビールの肴《さかな》にするべく、すぐにたき火で丸焼きにし、指でむしって食べたというから豪勢だ。

夕方、帰りの汽車に乗ると、どこからともなくマツタケの香りがする。手はよく洗ったし、不思議に思ったが、出どころは自分たちの耳だった。焼けたマツタケをむしるときに汁にまみれた指先が熱く、何度も耳たぶをつまんでいたという（「耳たぶの秋」）。

うらやましくなるのは、いまの日本におけるマツタケの縁遠さゆえである。それがさらに遠くなりそうな記事がきのうの朝刊にあった。国際自然保護連合がマツタケを絶滅危惧種のリストに載せたという。

理由は採りすぎかと思いきや、そうではなく「健全な松林が減っているため」との専門家の談話があった。食べるのを控える必要はないと言われても、安心する人は少ないだろう。「我が家ではとっくに絶滅危惧種」。そんなご同輩もおられるか。

「人新世《じんしんせい》」という言葉がある。人類の活動が地球環境を大きく変えてきたことを表現するため、新たに設けられた時代区分である。ホモ・サピエンスは無数の種を絶滅させてきた罪深い動物であり、そのペースは近年速度を増している。

絶滅危惧種のニュースが食卓を直撃することが目立ってきた。マツタケの前には、ニホンウナギにクロマグロ。「〇〇よ、おまえもか」は、いったいどこまで増えるのだろうか。

岡井隆さん逝く　7・12

歌集『現代百人一首』が刊行されたのは25年前のこと。〈みじかびの　きゃぷりきとれば　すぎちょびれ　すぎかきすらの　はっぱふみふみ〉。テレビで耳にしたCM短歌が、斎藤茂吉や釈迢空の歌と同格に扱われ、新鮮な驚きを覚えた。

その選者で、戦後歌壇を牽引《けんいん》した岡井隆さんが亡くなった。92歳。内科医にして歌会始の選者、皇族の和歌御用掛を務めたという経歴からは想像できないほど、その歩みは波乱に満ちている。〈一時期を党に近づきゆきしかな処女《おとめ》に寄るがごとく息づき〉。慶応大学の医学生だったころ、マルクス主義にひかれた。共産党系の診療所に詰めていた一夜、警察の家宅捜索を受ける。「歌集や歌誌の原稿まで押収された」とかつて本紙の取材に語った。

家庭や名声をかなぐり捨て、若い女性と九州へ逃避行したのは40代。有名歌人の「蒸発」は騒動を招く。だがその女性とは長続きせず、九州の病院で働くことに。〈女《をみな》とは幾重《いくへ》にも線条《すぢ》あつまりてまたしろがねの繭と思はむ〉。後にそんな官能的な歌を詠んでいる。

「短歌は危機の時を通り越し、廃虚の残骸の中にある」と歌壇の行く末を案じた。「私自身は選歌・添削・講師としてその廃虚に立ち、わずかに再建を夢みている」と繰り返し語っている。

功成り名を遂げたあとも、円熟の歌境に安住することはなかった。ナンセンスなＣＭから独創的、実験的な作品にまで光を当て、歌の可能性を極限まで広げる。破格、破調の堂々たる生き方であった。

＊7月10日死去、92歳

火の神の願い　7・14

北海道の二風谷《にぶたに》でアイヌ伝統の木彫り工房を営む貝澤《かいざわ》徹さん(61)は少年時代の一夜を覚えている。ストーブの前で弟と翌日の釣りの話をしていると、両親に「火の神様の前でしゃべったら、全部魚に伝わって釣れなくなる」と言われた。

火の神はアイヌの言葉でアペフチカムイ。貝澤さんは、白老《しらおい》町で開業した国立施設「ウポポイ」のために作品を頼まれ、この神を選んだ。「アイヌの文化では自然界にたくさん神がいる。中でも火の神様はものごとを伝えてくれるんです」

木彫りのアペフチカムイはウポポイの博物館に展示された。貝澤さんの祖母をモデルにした女性の顔を囲み、力強い彫り跡の炎が天に伸びる。炎の隙間から細やかなアイヌ文様がのぞく。よく見ると、女性の口のまわりや手の甲には入れ墨の模様があった。

明治政府は、女性の入れ墨や男性の耳輪の風習を禁じるなど同化政策を進めた。狩猟や漁労の生業を否定し、学校でもアイヌ語を話させなかった。研究の名で墓所から遺骨が持ち去られた。

国際世論におされ、政府がアイヌの人々を日本の先住民族と認めたのは2008年のこと。文化復興のために国がつくったのがウポポイである。ただ「国家が観光に利用」「先住権はないがしろにされたまま」と抗議する人たちもいる。

貝澤さんがアペフチカムイを彫ったのは、樹齢400年を超すニレの埋もれ木だ。明治以来150年の間に風前の灯《ともしび》にされたアイヌの壮大な文化が、再び豊かな火をともすよう願う。

独自大会の夏に　7・15

太鼓など鳴り物は禁止。大声を発する応援もダメ。優勝しても甲子園行きはなし――。コロナ対策を施しつつ各地で開催中の高校野球「独自大会」。その様子を試合会場で見てみた。

秋田市さきがけ八橋《やばせ》球場の場合、入れるのは検温した保護者のみ。「ウリャー」と打者が発する声が耳に刺さる。夏といえば負けて泣き崩れる印象があるが、意外にも敗退した3年生たちが悔しそうに見えない。「試合ができて満足」「区切りがついた」。すがすがしい笑顔で球場を後にした。

「気持ちは痛いほどわかります。最後の夏は忘れられないもの。試合のない寂しさに比べたら、大敗でもプレーできた方が何倍かうれしい」。そう語るのは秋田市職員の佐藤雅之さん(53)。球場整備を担当して30年超という元球児である。
角館《かくのだて》高校の投手としてこの球場に立った。２回戦で敗れたが、もともと甲子園など夢のまた夢。プロ野球の公式戦も催される大舞台を堪能した。「いまは老朽球場ですが、当時は秋田の甲子園でした」

試合が終わるたび佐藤さんは球児たちと丹念にグラウンドを整える。作業を見ながら思ったのは、甲子園に手の届かぬまま野球を終える大多数の球児たちのこと。そして野球以外の部活動に打ち込む高校生たちのことだ。晴れ舞台をかみしめ、力を出し切る。部活らしい部活の卒業の仕方ではないか。

梅雨の晴れ間の八橋球場には、セミ1匹の鳴き声が驚くほど響く。異例ずくめの観客席で、部活の原点が見えた気がした。

夫の無念、妻の執念　7・16

「内閣が吹っ飛ぶようなことを命じられた」「下っ端が責任を取らされる」。森友学園をめぐる文書改ざん疑惑のさなか、自死した財務省近畿財務局の職員、赤木俊夫さんは妻の雅子さんに打ち明けた。

真相を知りたいと雅子さんが起こした裁判が始まった。俊夫さんは常々、国家公務員の仕事に誇りを持ち、「雇い主は日本国民」が持論。元は国鉄マンで、働きながら大学を卒業した。

公務員としての誇りが踏みにじられたのは3年前。国会答弁と矛盾せぬよう決裁文書を書き換えろと上司に迫られる。涙ながらに抗議するが、上司も本省から厳命され、引くに引けない。従わざるをえなかった。

法廷で取材した同僚によると、雅子さんは声の震えを抑えつつ訴えた。「夫は改ざんを悔やんでいた」「同じように国家公務員が死に追い詰められることがないようにしたい」。亡くなる日の朝、出勤する雅子さんに「ありがとう」と告げたという。

思い出したのは、葉室麟さんの時代小説『蜩《ひぐらし》ノ記』。清廉な藩士が理不尽な裁きを受け、10年後の切腹を命じられる。妻は夫を信じ抜き、最期の朝までいたわり合って暮らす。いつの世も、官僚機構は現場で汗を流す末端の者に冷酷である。

「公正に職務を執行していますか」「疑惑や不信を招くような行為をしていませんか」。雅子さんは昨日の会見で、夫の手帳にあった国家公務員倫理カードを読み上げた。現場の職員をかくも追い詰める中央の官僚たちは「吏道《りどう》」を外れてはいまいか。

Don't Go To 7・17

「きょうの湿度では打ち上げは失敗します」。科学者がこぞって反対する中、米宇宙軍の司令官は計画通りのロケット発射に固執する。動画配信大手で見た米ドラマ「スペース・フォース」にそんな場面がある。

基地を視察に訪れた連邦議員たちの目を気にして、強引に打ち上げてしまう。科学を信用しない理由を司令官は食事制限の健康法を引いて説く。「科学者は『炭水化物を食うな』と言ったと思えば『食え』と言う。理解不能だ」

ドラマの舞台はトランプ米大統領が発足させた宇宙軍。要はドタバタ喜劇なのだが、コロナ禍で科学と政治の綱引きが気になる昨今、つい真剣に見てしまう。

政府の観光支援策「Go To トラベル」のぐらつきが止まらない。緊急事態の間は「自宅にいて」と連呼した政府が、このごろは「旅費を援助するから旅に出よう」。それがきのうは「東京発着の旅行だけはご遠慮を」。何ともめまぐるしい。

「政治的手腕とは、明日・来週・来月・来年どうなるかを予告する能力である」。英宰相のチャーチルはかつて述べた。予測のむずかしさを熟知する彼はこう続ける。「かつ、なぜそうならなかったかを説明する能力でもある」。コロナについて言えば、来週・来月の予告すら科学者にも困難ではあるが、政治家たるもの、施策のタイミング選びには慎重であってほしい。

そもそも「感染拡大が収束した後」に実施すると閣議で決めたはずである。当面はむしろ、Don't Go To ではないのか。

金魚の消えた夏　7・18

「千《せん》、リ、川《かわ》、月《つき》、丁《ちょう》、天《てん》、カ、ツ、丸《がん》、〇《まる》」。金魚の競り市で使われる符丁で、順に1から10の数字を指す。ふだんなら仲買人のそんな声が金魚の卸売市場を飛び交う季節だが、今年はウイルス禍で競りも活気を欠く。

全国有数の産地、愛知県の弥富《やとみ》金魚漁業協同組合長の伊藤恵造さん(68)は「体験したことのない大打撃です」と話す。春の花見に続き、夏祭りや花火も中止され、金魚すくいの場が列島各地から消えた。

弥富の金魚養殖は江戸後期に始まった。木曽川の下流域で、水も土も飼育に適していた。酸素を十分に与えて遠くまで輸送する方法が開発され、奈良・大和郡山と並ぶ一大産地となる。〈金魚田の中に人住む家があり〉。弥富を訪れた山口誓子は一面の養殖田をそう詠んだ。

コロナは産地を大きく揺さぶるが、伊藤さんは意気軒高である。出荷先を失った金魚と水槽をセットにして1千人に贈る企画を練っているところだ。「自宅で過ごす時間の長い時こそ、金魚ファンのすそ野を広げる好機です」

金魚の文化史をひもとけば、日本での愛好は室町末期にさかのぼる。江戸時代には庶民にも飼育が広まった。だが大戦中や大震災直後は金魚どころではなくなる。中国でも、文化大革命のさなかには金魚が粛清の対象とされた。つまりは太平の世のシンボルのような魚である。

〈夜店の金魚すくはる丶ときのかゞやき〉種田山頭火。感染の不安など忘れ、子どもらが金魚すくいに興じることのできる夏が待ち遠しい。

東京東京東京……　7・19

「東京　書けば書くほど恋しくなる」。

そう記したのは、少年時代の寺山修司である（『誰か故郷を想はざる』）。

青森から数年後に上京することになる寺山だが、東京への憧れは尋常ではなかった。人々を引きつけてきた大都会。それが今は、外からこう映るか。「東京東京……聞けば聞くほど遠ざけたくなる」

東京都の新型コロナの新規感染者が、きのうも２９０人に達した。感染は全国に広がりを見せているが、現段階では首都圏が目立つ。政府はあわてて観光支援策「Ｇｏ Ｔｏ」事業から東京を外した。

「諸悪の根源は東京」と口走った知事もいた。すぐ撤回したとはいえ、感染対策に気を配っている都民には酷な話だろう。もっとも首都に住む人にも脱出願望が芽生えているようで、最近の調査では「地方暮らしに関心がある」という人が増えている。

人がやたら多く、店もやたら多く、歩くだけで刺激がある。そんな大都市の魅力は脆弱《ぜいじゃく》さと紙一重だったと感染危機が教えてくれた。地震など自然災害でも同じことが言える。コロナ後もこのままの東京でいい、とはいかないだろう。

本当なら今頃は五輪の直前で「ウェルカムトゥー東京」の文字があちこちで見られたはずだ。「東京者、ゴーホーム」と、各地で叫ばれていないだけまだましか。えっ、もう言われてる？

長梅雨に　7・20

視界がすうっと広がるような句である。〈かたつむり甲斐も信濃も雨のなか〉飯田龍太。俳人の目は自分のすむ甲斐から飛躍し、離れた場所の降雨にも向けられる。あちらでもこちらでもやまない雨に対する諦観《ていかん》すら伝わってくる。

何日も何日も続く雨空の下で、気がつくと口ずさんでいる歌がある。〈雨が空から降れば／オモイデは地面にしみこむ〉〈しょうがない／雨の日はしょうがない〉。別役実作詞で、小室等作曲の「雨が空から降れば」。

あの街もこの街も雨の中。そして〈フルサトも雨の中〉と歌は続く。日本のあちこちで野菜をつくる人たちも、ずっと空を見上げているのではないか。この長雨と日照不足が、作物を翻弄《ほんろう》している。

スーパーではネギやキュウリなどの値段も上がり気味だ。気象庁によると各地の日照時間はいつもよりずっと短く、ここ3週間は仙台で平年の4割以下、東京も5割程度だったという。我が家で育てているトマトも、このところ赤くなるのをやめたような。

梅雨前線はいましばらく日本列島に居座るという。豪雨災害に見舞われた地域では復旧への営みが続いている。トゲのある蔓《つる》のような梅雨前線ともう少し付き合うのはしょうがないにしても、線状降水帯なる言葉はできればもう耳にしたくない。

きのうは久しぶりに、木漏れ日を目にした。同じ深緑の葉でも、雨にぬれる姿はどこまでも静かで、日に照らされれば踊り出しそうだ。梅雨明けまでもう一息、いや、ふた息くらいだろうか。

短い夏休み　7・21

漫画『ちびまる子ちゃん』の第1回は、あすから夏休みという場面である。ヘチマの鉢やら工作やら、1学期の様々な荷物を抱えたり背負ったりして、まる子は家に向かう。数日前から少しずつ持ち帰ればよかったと後悔しながら。

「工作のヘンな人形がランドセルからはみだしてマヌケだなあ。ヘチマも手を抜いたのに、こんなにずうずうしく成長して……」。ぼやくまる子の姿に、小学校時代を思い出す。例年であれば、もう終業式の季節だ。

今年の勝手が違うのは夏休みが短くなり、まだ授業が続いている学校が多いからだ。文部科学省によると、新型コロナで休校を実施した自治体の25％で、小学校の夏休みが2週間未満になるという。

時間に永遠というものはないけれど、子どもの頃の夏休みの始まりにはそんな味わいがあった。わずか9日しか休めない地域もあり、永遠はおろか、大人の夏季休暇といい勝負だ。おまけに感染対策で、遊びや旅行も普段通りにはいかない。

作家の津村記久子さんがエッセーで、子ども時代、夏休みが残り少なくなってきたときの心持ちを書いている。あと1週間になっても、冬休みの元日あたりと同じだと思えば余裕ができる。残り4日となったら「これからゴールデンウィークだと考えよう」。

短い休みを有効に。量より質。そんなお説教をしても、まるちゃんからはそっぽを向かれるか。確かなのは、学校で友だちと過ごすこの夏の暑さが、人生のなかで特別の暑さになるということだ。

仁術と算術　7・22

「医は仁術なり」と、江戸中期に貝原益軒《えきけん》が『養生訓』に書いた。医者は「仁愛の心を本とし、人を救うのを志とすべきである。自分の利益ばかり考えてはいけない」（松田道雄現代語訳）。医学も学んだ儒者が説いた心構えだ。

益軒は利益を追い求めるなと諭したが、得るなとは言っていない。「よく病気をなおし人を救ったら、利益を得ることは、こちらからは求めないでも、むこうでしてくれるだろう」。そんな世であってほしいとの願いも込めたか。

コロナ危機のなか、まさに仁術を実践する人たちの姿を報道で目にしてきた。現場の力になりたいと復帰した看護師。自分も感染し、万が一のときは子どもたちを頼むと妻に伝えた医師。

だからこそ、やるせない事態である。コロナ患者の受け入れと一般患者の減少で、多くの病院の経営が苦しくなっている。全国１３３の大学病院の赤字額は、４、５月だけで計３１３億円に達した。職員の待遇も悪化しており、一部では看護師らへのボーナスを取りやめる動きまで出た。

「医は算術」は儲《もう》け主義の医者をからかう言葉だ。しかし算術を無視しては、医療に従事する人の生活は成り立たない。国から慰労金も出るというが果たして十分だろうか。恩を仇《あだ》で返すような社会であってはならない。

きょうから観光支援策「Ｇｏ　Ｔｏ」事業が始まる。１兆３５００億円の税金が使われ、経済波及効果の乏しいキャンセル料にも消える。この国の算術計算はバランスを欠いていないか。

開かない海　7・23

筒井康隆さんの短編小説「幸福の限界」に、奇妙な海水浴の場面がある。砂浜は前も後ろも人、人、人の波で、足を踏み入れると、もう引き返すのは不可能。「立ち止まらないでください」のスピーカー音にあわせ、群衆は海に向かって黙々と歩く。

主人公の男は、人間の汗で温かくなった海に腹まで浸《つ》かって、初めて気づく。このまま押されて前進を続け、水深が背丈を超えたら一体どういうことになるのかと。しかし、その時にはもう遅かった。

描かれているのは、誰もがレジャーを求め、芋洗い状態になった浜辺の戯画である。この夏は海に行けない方も多いだろうから、憂さ晴らしにでもと思ったのだが、いかがだろう。感染防止のため海開きを断念する海水浴場が全国で相次いでいる。

屋外なのに心配しすぎではという気もするが、混雑のひどい浜辺もあるし、海の家で3密が避けられないと聞けば仕方がないか。空《す》いていて好都合だと、勝手に泳ぐのは禁物だ。監視員がいないために危険度が増すという。

2020・7月

かつて商船学校にいた詩人丸山薫さんには海の詩が多い。「海風」では、波をもたらす風を人間に見立て、〈そこに誰かが立つた〉とつづる。〈彼には形がない／ただ　泡の瞳だけをしてゐた／そしてまつすぐに／芒《すすき》の光る丘へ去つた〉。ひとけのない浜ゆえの幻想である。ただ波だけを見に行く。あるいはかつて誰かと行った海を思い出す。楽しみ方も、今年はいつもと違うものになるかもしれない。きょうは海の日。

ダブルバインド　7・24

「私の命令に従うな」ともしも命じられたら、どうすればいいのか。命令に従わないという命令を守ることが、すでに命令違反かも。相反する命令や要求に直面する時に生じる心理状況を「ダブルバインド（二重拘束）」という。

もとは精神病理学の概念だが、日常生活にも応用できる。親から「もっと大人になりなさい」と「子どもらしくしなさい」を同時に言われる場合。どっさり仕事を課されているのに「残業せず早く帰れ」と会社から命じられる場合。

矛盾のなかでストレスばかりがたまってしまう。さて目下のコロナ禍で、私たちは深刻なダブルバインドにさらされているようだ。一緒に対策にあたっているはずの政府と東京都から発信される内容があまりに違う。

「医療提供体制も逼迫《ひっぱく》していないので、緊急事態宣言を発する状況ではない」と安倍首相は言う。しかし東京都から現状分析を任された杏林大病院の山口芳裕氏は「国のリーダーは『東京の医療は逼迫していない』と言うが、誤りだ」と訴える。

政府は観光支援事業でお出かけを促すが、都は不要不急の外出を控えるよう呼びかける。そうこうするうちに感染は東京に限らず広がり、昨日は全国で新規感染者が900人を超えた。矛盾は解消ではなく、拡大に向かっている。

何が真剣に受け止めるべき議論で、何が偏った発信か。判断を全てこちらに丸投げされるのは酷である。それでも自分で考え、自衛するしかないのか。足して2で割るわけにもいかないし。

東京五輪まで1年　7・25

本当ならこの朝刊の1面は、東京五輪の開会式の写真が鎮座していたはずだ。延期になり、きょうから363日後に迫るスポーツの祭典。カウントダウンが始まったのに、むしろ「祭りのあと」のような気分になるのはなぜだろう。

実現の条件を考えるにつれ、憂鬱《ゆううつ》になる。まずはワクチンが必要だが、治験に成功し生産が始まったとしても、各国の医療従事者や疾患のある人が優先されるべきだろう。選手や観客に行き渡るには一体どれだけの量がいるのか。

楽観できない事態を反映するように、一昨日の紙面にあった内外の選手たちの言葉が重い。「無観客でもいいから世界一を決める場所が欲しい」との願いがあり「中止になっても仕方ない。みんなの命が大事」の声がある。

南アフリカのトライアスロンの選手は、地元のプールが閉鎖され、自宅の庭の小さなプールが頼りだ。「コロナの影響で準備ができず、差が生まれれば不公平になる」。選手たちが思い思いに力を高めていくような環境からはあまりに遠い。

ペロテット著『古代オリンピック』では、古代の練習風景が再現されている。選手の多くは10カ月前から、各地でコーチと一緒に練習に専念。鎧《よろい》や兜《かぶと》をつけてトラックを走り、武具を重くしていく訓練法もあったらしい。真剣さは今も昔も同じだろう。

世界の感染者が1500万人を超えるなか、主役である選手たちが戦いに備える環境はあるのか。政治的なメンツやスポンサーの都合よりも考慮すべき事情である。

ドライブインお化け屋敷　7・26

化け物の話を一つ、出来るだけきまじめに又《また》存分にしてみたい――。日本の民俗学を開拓した柳田国男の『妖怪談義』はそんな魅力的な一文で始まる。小欄もきょうは似たような気分だ。

聞くところによると最近、オバケたちは困っているらしい。新型コロナとの共生を迫られる時代。お化け屋敷も例外ではないからだ。遊園地などの感染防止ガイドラインによれば、人間とはなるべく離れ、大きな声も要注意。

これでは誰も怖がらない。何とかならないか。お化け屋敷プロデューサーの岩名謙太さん(25)が思いついたのは3密回避のドライブイン方式。車内で窓ごしにオバケに襲われるとの演出だった。今月初めに都内で始めると、恐怖映画に入り込んだような感覚だと話題になり、予約が殺到した。

コロナ禍にお化け人気。少し不思議な気がするが、社会不安が高まればホラーがはやるとの説もあるらしい。「恐怖を感じながら、みんな死に関心がある。だから怖いものが気になるのでは」と岩名さん。

2020・7月

確かにお化け屋敷とは死の世界に触れる疑似体験。死ぬとは何か。オバケとは何か。答えのない難題を考えていくと、お前はいま、いかに生きているのか、との問いをオバケから突きつけられている気にもなる。

きょうは幽霊の日。お岩さんで有名な『東海道四谷怪談』の初演の日にちなむそうだ。あなたは霊の存在を信じますか。4年前の朝日新聞のアンケートで「はい」は49％。理由のトップは「否定する理由がない」だった。

覇権国と新興国　7・27

ペロポネソス戦争は紀元前5世紀に30年近く続き、古代ギリシャを疲弊させた。歴史家トゥキディデスは「覇権都市スパルタが、アテネの勃興に恐怖を覚えたのが戦争の真の原因」と解き明かした。

ここから生まれたのが「トゥキディデスの罠《わな》」という言葉である。ナンバー2の国が勢力を伸ばすと、ナンバー1の国は不安に陥る。偶発的なもめごとから戦争に突入してしまうことを指す。

米国際政治学者グレアム・アリソン氏は、現在の米国と中国の対立を往時のスパルタとアテネになぞらえる。過去500年間の戦争を分析し、覇権勢力と新興勢力が対立した16事例のうち実に12のケースで開戦に至ったと指摘。戦争を回避できた4件の知恵にこそ私たちは学ぶべきだと訴える。

米国が先週、テキサス州にある中国総領事館を閉鎖に追い込んだ。「スパイ活動の拠点」というのがその理由。対抗措置として中国側も、成都にある米国総領事館を閉鎖せよと迫る。混迷は深まるばかりだ。

「大使館の数は政治力を示し、総領事館の数は経済力を映す」。外交の世界でよく聞く言葉である。在外公館の数を比べると、中国は大使館でも総領事館でも米国を抜き、首位に立つ。総領事館の閉鎖となれば、進出した企業や駐在員とその家族、留学生たちにも多大な迷惑が及ぶだろう。

何かにつけて、「目には目を」の報復に走る両国の姿を見ていると、いよいよ不安が募る。トゥキディデスの罠に陥らぬよう双方を説得するすべはないものか。

山本寛斎さん逝く　7・28

「鬼才」「風雲児」「異端の貴族」「奇装族《きそう》の元祖」……。若かりしころ、服飾デザイナー山本寛斎さんを紹介する記事には、決まって派手な形容句が躍った。極彩色の服に身を包み、芸能人のようにポーズを決めた。

「日本一という評価では不本意なんです」。衣装を瞬時に変える歌舞伎由来の演出でロンドンのショーを成功させる。27歳にして名が立ち、デビッド・ボウイら有名人からステージ衣装の注文が来た。

意外だが、不遇な少年時代を送っている。両親が離婚したのは7歳のころ。幼い弟ふたりを連れ、父の郷里高知へ。出迎えはなく、児童施設に預けられた。空腹に耐えかねて、月光を頼りに畑でサツマイモを掘り、生のままかじったこともある。

自他ともに認める「目立ちたがり屋」。大勢の視線を浴びると高揚すると気づいたのは、岐阜県内で暮らした中学、高校時代。応援団の団長として、野球やラグビーの試合会場で、自校生1500人の気持ちを一つにまとめ上げていく快感に酔った。

きのう訃《ふ》報《ほう》に接し、自著『上を向いて。』を開く。30歳で挑んだパリのショーが酷評され、倒産の危機に直面したことなど、筆致には飾りがない。「私は人よりも感情の起伏が激しいので、山は険しく、高く、谷もことさら深いように感じてしまう」。自己分析も冷静である。

山と谷の多い人生を歩んだが、どこへ行っても、言葉の通じぬ相手とも、祝祭気分を分かち合う。人、街、時代を極彩色で輝かせた76年の生涯だった。

＊7月21日死去、76歳

黒い雨　7・29

降る雨はどろりと黒く、泥のように重い。20歳の矢須子《やすこ》は小舟で広島市街へ戻る途中、不気味な雨に打たれる。洗っても洗っても黒い汚れが落ちない。井伏鱒二原作の映画「黒い雨」である。8月6日、原子爆弾で焼き尽くされた広島の街に奇妙な雨が降った。「万年筆ぐらいな太さの棒のような雨であった。真夏だというのに、ぞくぞくするほど寒かった」。矢須子は日記にそう描写した。

原爆投下から75年、黒い雨を浴びた人たちが被爆者と認めるよう求めた訴訟が、きょう判決を迎える。広い降雨範囲のうち「大雨地域」のみを特例扱いするのはおかしいと5年前に提訴した。原告は「小雨地域」などにいた約80人。被爆の影響と思われる症状と闘ってきた。「畳の破片やペンが空から落ちてきた。その後黒い雨が降った」「雨でシャツが黒くなった」。裁判の書面にはそんな声が並ぶ。判決を待たず10人以上が亡くなった。

国が「大雨」と「小雨」の境界を定めたのは１９７６年。地元には直後から線引きを問題視する声があった。「自宅前の川の向こう岸は放射能の雨で、こちら側はただの雨とされた」。機械的に線を引き、墨守しようとする行政のあり方はやはり納得できるものではない。

映画の矢須子は当初こそ健康に見えたが、原爆のもたらす症状が次々に現れ、髪の毛もごっそり抜け落ちる。あの場面、あの恐怖こそ被爆の実相ではないのか。黒い雨が降ったのはわずか数時間、戦後75年を経てなおも人々をさいなむ。

明治のウイルス対策　7・30

感染者の家にはもれなく病名を書いた札を貼るべし。明治半ば、政府内でそんな意見が強まる中、反対の声が上がる。「それは酷。国民はだれも感染予防に協力しなくなる」

反対派の代表は内務省の衛生局長だった長与《ながよ》専斎《せんさい》である。藩医の家系に生まれ、岩倉具視《ともみ》率いる使節団の一員として欧米を視察。病気の予防を個々人にまかせる日本流とは違い、政府や自治体が尽力していることに感銘した。

日本には存在しない公的な健康保護の仕組みをどう広めるか知恵を絞った。呼称として「養生」「保健」が浮かぶが、しっくり来ない。選んだのが中国の古典にあった「衛生」。字面が高雅で語感も悪くない、とのちに説明した。

各自治体に「衛生委員」を置いて、いまの保健所に近い権能を与えた。悩みのタネは警察との分業だ。感染症が急拡大するたび、患者の強制隔離や近隣封鎖が増える。コレラが猛威をふるった年、警察の過剰介入に異を唱えたが、阻まれる。よほど不本意だったらしく、その年の経験を自ら「明治19年の頓挫」と呼んだ。

専斎の業績に詳しい小島和貴《かずたか》桃山学院大法学部教授(50)によると、役所が感染者をまるで犯罪者のように扱う危うさを専斎は見抜いていた。「官と民の協力こそ感染症を抑える最善の策だと確信していたからです」

現下のコロナ禍でも政府の対策に強圧の影がのぞく。風俗営業法を根拠にして警官を店に立ち入らせるのは果たして良策か。後世に「コロナ期の頓挫」と嘆かれたくはない。

宙に浮く8千万枚　7・31

カギよし、財布よし、スマホよし。以前ならこの三つを確かめれば外出できたのに、当節はマスクも欠かせない。駅に向かう途中、忘れたと気づけば、慌てて取りに駆け戻る。

柄も素材も進化が著しいいまのマスクだが、江戸時代には、針金の枠に絹を張り、柿の渋を塗っていた。堀井光俊著『マスクと日本人』によると、鉱山労働者用に使われて、「福面《ふくめん》」と呼ばれたそうだ。

スペイン風邪が猛威をふるった大正時代、本紙の記事は「覆面《マスク》」や「口覆《マスク》」と表記している。「咳《せき》一つ出ても外出するな」という専門家の忠告の脇には、当時のマスクが写真に残る。白い布製で鼻からあごまで覆う大判だ。

今般、各戸に配られた布マスクは、大正時代より格段に小さい。計1億3千万枚。だがサイズへの不満のほか、見た目のやぼったさ、届いた時期の遅さもあって、評判はさえなかった。政府はきのうから予定していた施設向けの8千万枚の一律配布を断念した。やはりというべき失態だろう。

〈マスクの暑さ追い打ちかけて来る夏日〉加瀬田フサヱ。本紙群馬版にそんな川柳があった。歳時記では冬の季語のマスクだが、春はもちろん梅雨の間も着けぬ日はない。暑さの盛りにマスクを洗う自分の姿など、1年前には想像すらできなかった。

きのう通勤の電車内を探してみたが、政府支給の現物は一枚も見つけられなかった。口や鼻を覆うのではなく、目を覆うばかりの官邸と民意のズレは、江戸以来のわがマスク史にどう刻まれるのか。

2020

8
月

台湾の民主先生逝く　8・1

週刊朝日に連載された「街道をゆく」で司馬遼太郎さんが、台湾で見かけた犬のことを書いている。日本の植民地時代を生きた老人に飼い犬の名を尋ねると、一呼吸置き「ポチです」。これぞ日本という名ゆえに、司馬さんは「言いようのない寂しさ」に沈む。

日本の支配をくぐり抜けた台湾の人たちは、それぞれに日本式の名を持つ。97歳で亡くなった元総統李登輝《リートンホイ》氏は「岩里政男」だった。台湾で生まれ育ち、京都帝大に学び、学徒出陣で日本陸軍に入隊した人である。

終戦翌年に故郷へ戻り、40歳を過ぎてから政治の道へ。1988年、総統に登用された際は「傍流」「短命」と軽んじられた。それでも母語である台湾語を活《い》かし、民主化に奮闘。総統の直接選挙を実現させた。

「犬が去って豚が来た」。台湾でよく聞く言葉である。半世紀に及ぶ日本の支配がようやく終わったが、入れ替わるように大陸から外省人が押し寄せる。台湾の本音そのものだ。

総統在任中も退任後も、李氏は日本支配に対する嘆きや恨みを公言しようとはしなかった。自

2020・8月

宅を訪れた日本人記者の目の前で、曽文恵《ツオンウエンホイ》夫人を「ふみえさん」と呼んだことも。好むと好まざるとにかかわらず、日本語をすり込まれた歳月の長さを思わせて、やはり寂しい。「台湾の運命は自分たち台湾人が決める」。苦難と屈辱に耐え、「民主先生」と呼ばれた李氏の揺るがぬ信念である。政治においても言語においても、台湾とは何かを追求した稀有《けう》な哲人政治家であった。

＊7月30日死去、97歳

大声受難　8・2

TBSドラマ「半沢直樹」の続編を見ていてハラハラするのは、話の筋だけではない。半沢はじめ、登場人物たちの声の大きさも気になるのだ。「やられたらやり返す。倍返しだ！」の決めぜりふでは、飛沫《ひまつ》まで見えるような気がする。

おまけに怒鳴り合う役者たちの顔が近い近い。30センチもないのではと気をもんでしまうのは、社会的距離が頭にこびりついているせいだろう。撮影はコロナの第1波が直撃する前になされたものだと想像する。

それにしても大きな声が、ここまで疎んじられる時代が来るとは。大声で歌うからスカッとするはずのカラオケが問題視され、ワイワイガヤガヤが楽しい宴会が避けられる。飲み会は4人までと大阪府が要請しているのも、大人数だと声が大きくなるからか。

あまり目立たないが、大声問題は武道にも影響している。空手でも剣道でも大きな声を出して気合を入れるものだが、関係団体が発声の抑制を呼びかけている。当方も趣味の剣道の稽古を再開したいところだが、声もなしに竹刀を振るなんて想像できない。

たくさんの人が騒ぎ立てるのが「喧々囂々《けんけんごうごう》」なら、遠慮せず直言するのが「侃々諤々《かんかんがくがく》」。議論するなら後者でありたいが、どちらの漢字を見てもまずは口を開かないと話にならない。大声でもそうでなくても、面と向かい、遠慮なく言い合える日はいつ来るのか。

口角泡を飛ばす。そんな場面が見られるのは昔撮ったドラマのなかだけ。なんてことが続くとすれば寂しい限りである。

花の老い　8・3

花が若さを象徴するのは、はかなく散る姿ゆえである。そう考えると「老いた花」というのは形容矛盾かもしれない。しかし夏の盛りの紫陽花《あじさい》はそう表現していい。花に見えるのは実はガクで、散ることがない。

色の移り変わりを重ね、紫陽花がいま渋みのある風合いを見せている。最近読んだ認知症専門医、長谷川和夫さんの言葉を思い出す。認知症になっても人が変わるわけではなく「昨日まで生きてきた続きの自分がそこにいます」。

自らも認知症になった長谷川さんが共著『ボクはやっと認知症のことがわかった』で語っている。人は生まれたときからずっと連続している。認知症の人を「あちら側の人間」と扱うのは間違いだと。

症状に波があることも、なってみて初めて分かったという。夕方は疲れのため混乱がひどくなるが、一晩眠ると頭はまたすっきりする。誰にもある好不調を思うと、まさに「生きてきた続き」であろう。

昨年の日本人の平均寿命は女性の87・45歳、男性の81・41歳とも過去最高となった。高齢化社会は進んでも、老いの内側をのぞくのは簡単ではない。手がかりになる言葉があれば寄り添うための力になる。老夫婦を描いた小説で主人公が自分の内面を表現していた。

「寅雄の忘れようは、あの雲に似ていた。薄ぼんやりしたものが漂っていて、それがちぎれたりくっついたり薄まったり濃くなったりしている」(小暮夕紀子著『タイガー理髪店心中』)。雲の形が刻々変わる夏空を見上げてみる。

専門家会議と分科会　8・4

夏の日差しがこれだけ強くなると、木々の陰を求めながら歩いてしまう。言葉というのは面白いもので、木陰《こかげ》を「緑陰《りょくいん》」と言い換えると、さらに涼しくなるような。しかし「木《こ》の下闇《したやみ》」の語を使えば、増すのは涼しさではなく寂しさである。

日本には古来、言霊《ことだま》の考え方があり、言葉には不思議な力が宿るとされた。そう思うと、新型コロナをめぐって政府が設けた「専門家会議」の名には力強さがあった。会議はすでに廃止され、その役割を引き継いだのが「分科会」である。

メンバーは重なるものの、何だか軽くなったような。次の分科会でお盆の帰省問題が扱われるというが、菅義偉官房長官によると「帰省に関する注意事項について専門家の意見を伺う」程度。帰省の是非などは論じてくれるなと言わんばかりだ。

専門家の議論が、政府の観光促進策と矛盾するのを恐れているのか。そもそも「Ｇｏ　Ｔｏ」事業に対し分科会は慎重な姿勢だった。感染の拡大を踏まえ判断に時間をかけるよう求めたが、

2020・8月

受け入れられなかったという。

個々人がそれぞれの事情に応じ、自分で考え、自衛する。それは当然だが、政府が無策であっていいということにはならない。軽んじられているのは専門家か、それとも私たち一人ひとりか。

感染拡大の第2波が来たと、知事たちが口にするようになった。しかし政府の高官はなぜか「第2波」の呼び名を避けている。言葉を封じているうちは手を打たなくてすむとでも、考えているかのように。

落語、カレー、コンビニ　8・5

ある貧乏な書生の話。饅頭《まんじゅう》を食べたいが金がない。饅頭屋の前に行き、大声を上げてぶっ倒れてみせた。驚いた饅頭屋からわけを尋ねられ、答えた。「饅頭がこわいのだ」。案の定、おもしろがった相手が饅頭を押しつけてきた。

中国の古い笑話集にある「饅頭こわい」である。おなじみの古典落語はこれをもとに作られたようで、色々と手も加わっている。仲間たちが怖いものを順番に打ち明ける場面があり、蛇、蜘《く》蛛《も》……と来て、まさかの饅頭に至る。

外国の話も、江戸っ子の丁々発止に変えてしまう日本の落語文化である。換骨奪胎の流儀は食にもあり、中華料理から生まれたラーメンは日本食として世界で通る。さて今度はカレーチェーンのCoCo《ココ》壱番屋《いちばんや》が念願のインド進出を果たした。

インド人もびっくりとなるか、と言いたいところだが、インドカレーとはまた別の「日本のカレー」として受け入れてほしいという。そう言えばコンビニエンスストアも米国発だが、日本で独自の進化を遂げてきた。

米国セブン―イレブンは、今や日本のセブン&アイ・ホールディングスの傘下に入っており、元の親子関係が逆転している。一昨日は米国3位のコンビニを買収するとの発表もあり、さらに大きくなるという。

日本は「雑種文化」だとつくづく思う。国の外から多くを取り入れ、試行錯誤を重ねて血肉とする。もっとも時々、消化不良も起こす。古くは鹿鳴館の欧化熱、最近だとコロナ対策でめっきり増えたカタカナ語とか。

8月6日に　8・6

75年前のきょう、広島第二高等女学校2年西組の生徒たちは勤労動員にかり出され、そこで被爆した。一人の生徒の末期《まつご》の言葉が残っている。「先生すみません。最後の点呼が、最後の点呼がしっかりとれませんでした」

西組の級長で、責任感の強い生徒だったという。今の中学2年生にあたる彼女たちは、爆心から1・1キロのところで作業していた。その場にいた39人の生徒のうち38人が2週間以内に亡くなっている。

関千枝子著『広島第二県女二年西組』は、一人ひとりの最期を追った記録である。手をつないで逃げたが、火傷《やけど》で皮がずるずるなために離れ離れになる。病院に運ばれたが、手の施しようがないからと薬もつけてもらえない。

著者の関さんも西組の生徒だったが、体調が悪くて欠席したために、死を免れた。著書でこう問いかけている。生き残った自分は「運のよい子」だと言われる。では、原爆で死んだ人たちのことは「運が悪かった」というのか――。

広島で14万、長崎で7万の無辜《むこ》の命を奪った原爆投下から、4分の3世紀。核兵器はいまも世界に存在し続け、使用可能であり続けている。核の時代にいる私たち全てが、かろうじて生き残っているだけなのかもしれない。

ミサイル攻撃を仕掛けられたという誤った情報で、核戦争が起きそうになる。そんなことがこれまでに何度もあったと元米国防長官が本紙で語っていた。大惨事は起きる直前まで、その姿を現さない。あのときの広島がそうだったように。

幸福な出会い　8・7

きのう訃報《ふほう》が届いたピート・ハミルさんは、ニューヨークを拠点にコラムや小説を書き続けてきた。日本では映画「幸福《しあわせ》の黄色いハンカチ」の原作者として知られる。その作品「ゴーイング・ホーム」はバスの長旅で若者が、無口な男と出会うところから始まる。

男は刑務所での4年間の服役を終え、家に帰るところだという。妻にはこんな手紙を出していた。「俺のことは忘れて構わない。でも、もし迎え入れてくれる気があるなら、町の入り口のオークの木に、黄色いハンカチを1枚結びつけといてくれ」

ハンカチがなければ、そのまま去っていくからと。俳優倍賞千恵子さんの著書によると、この話を元にした米国の歌を倍賞さんが聞き、心を動かされた。そして監督の山田洋次さんに伝えた。舞台を北海道・夕張の炭鉱地帯とし、オークの木は鯉《こい》のぼりの竿《さお》になった。米国の物語と日本映画との幸運な出会いである。

大衆紙で書き始めたハミルさんは、名もない人々の暮らしを切り取ってきた。9・11同時多発テロ直後のニューヨークの人々の気持ちを、こう代弁していた。「ひどい状態だが自分の場所はここ、さあ何かしなきゃ」。それだけにイラク戦争のことは「9・11を利用した」と難じていた。

コラム集の『ニューヨーク・スケッチブック』には、人と人との出会いがいくつもある。昔の恋人との偶然の再会。子どもが奇妙な老人と知り合う。描かれる人間模様は、どこか乾いている。それでも一瞬のぬくもりがある。

＊8月5日死去、85歳

咳の子の……　8・8

雑誌「俳句四季」8月号に子育てをめぐる句の特集があり、往年の名句がいくつも紹介されていた。中村汀女《ていじょ》の〈咳《せき》の子のなぞなぞあそびきりもなや〉。風邪で家にいる子が、繰り返し遊びをせがむ。もてあましつつも付き合う母親の姿が浮かぶ。

秋元不死男の〈子を殴《う》ちしながき一瞬天の蟬《せみ》〉には、子をたたいてしまったことへの後悔が詠まれている。中村草田男の〈万緑の中や吾子《あこ》の歯生え初むる〉からは生命力への喜びが伝わる。

雑誌の特集では俳人の西川火尖《かせん》さんが、目を引く句が戦前・戦中に多いと指摘していた。「戦争が避けられない、子供ができたら戦地に送らねばならないときに、子育ての名句が固まりとして出ている」。暗い時代が、我が子を見る目を研ぎ澄ませるのだろうか。

思い出すのは、金子光晴の詩「冨士」である。〈戸籍簿よ。早く焼けてしまへ。誰も。俺の息子をおぼえてるな〉〈息子よ。この手のひらにもみこまれてゐろ。帽子のうらへ一時、消えてゐろ〉。兵役から子を守りたい気持ちが、悲しいほど伝わる。

病弱な息子の体をさらに痛めつけてまで、金子は応召を引き延ばそうとした。雨の中に立たせ、部屋に閉じ込めて煙でいぶした。各人がそれぞれのやり方で軍を拒否すべきだと考えていたと、自伝にある。

戦地に送ることを意識しながら子を育てる。やがて子も、戦争で死ぬことを思いながら育っていく。この国にそんな時代があった。そして戦争はいつも若者の命を要求する仕組みである。

長崎でなかりせば　8・9

「次は地方の小都市ではなく東京にすべきだ」。広島に原爆を投下した翌日、グアム島に駐留する米軍将校らから上がったそんな提言を、首都ワシントンは一蹴する。そして原爆は長崎に落とされた。

元徳山高専教授の工藤洋三さん(70)らは、公開された米機密文書をもとに投下先が決まる過程を調べた。終戦の年の4月時点では東京、横浜、京都、大阪、下関など実に17もの都市名が浮上していた。

「米軍が標的都市に欲したのは、原爆の破壊力の確かめやすさ。通常爆弾を落とさず、無傷のままで残しておくよう命令が出ていました」。東京や大阪は大規模な空襲を受けたため、京都は歴史的な価値ゆえ、それぞれ候補地から外される。

新潟はずっと有力とされていたが、基地から遠いうえ、河川にそって市街地が細長いため、結果的に標的とならなかった。広島に続く投下先として8月9日、米軍機が向かったのは、諸条件のそろった小倉である。だが予想外の視界不良で、急きょ長崎へ転じる。

機密文書をたどると、長崎が標的に加えられたのは終戦まぎわの7月24日だった。そうした候補地の変遷を追えば追うほど深い無力感に襲われる。戦況の定まったあの時期、あれほど非人道的な新型兵器を使う必要があったか。二転三転ならぬ四転五転の果てに、まるで恣意《しい》的に選ばれた被爆地の無念を思う。

きょうは長崎原爆の日。一瞬で失われた幾万もの尊い命を悼みつつ、戦争そのものの持つおぞましさをもう一度胸に刻みたい。

かちわりの夏　8・10

ただの氷なのに、甲子園では常ならぬ存在感を放つ。きょう幕を開ける高校野球の交流試合でも、名物「かちわり」は健在である。

歴史は昭和2（1927）年夏にさかのぼる。地元の兵庫県西宮市で飲食店を営む梶本国太郎という人が、かき氷を球場内で売ったのが始まり。舟形の竹容器は「こぼれる」「手がぬれる」と不評だったが、夏祭りの露店から息子が持ち帰った金魚の袋を見てひらめく。昭和32年の夏、一口大に割った氷を透明の袋に入れてみて大当たりした。

顔や首を冷やしたり、溶けた氷水をストローで飲んだり。いま1袋200円。梶本商店社長で孫の昌宏さん(45)によると、客席が熱くなる攻撃中の方がよく売れる。「その中でも特にスリーアウトの直後が売り時。ああ惜しかったという局面です」

対戦カードの研究も怠らない。初出場校の応援席は例外なく売れ行きがよい。10年ぶり20年ぶりという古豪もよく声がかかる。逆に常連校は概して低調だという。

「家業として3世代でやってきましたが、夏の甲子園中止なんて想定外でした」。交流試合では、ウイルス対策として観客の入場が制限された。売り子の販売も中止されたが、予約すれば応援席に届けられることになった。

「かちわり、いかがですかー」という売り子の声が聞こえない甲子園はやはり味気ない。アルプス席からの声援や演奏も今年は響かない。戻ってきた球音を選手ともども楽しみつつ、来年は夏を彩る音の共演も存分に聞いてみたい。

トニ・モリスンの教え　8・11

なお燃えさかる米国の抗議運動「ブラック・ライブズ・マター」。怒りの波がいつまでも引かないのはなぜですか。会ってそう尋ねてみたい人がいた。昨年8月に亡くなった米作家トニ・モリスンである。

「彼女ならきっと全幅の賛意を示し、抗議に立ち上がった人たちを勇気づけたはずです」。そう語るのは、東京外大名誉教授の荒《あら》このみさん(74)。黒人文学に詳しく本人とも面識がある。「ただその手段はあくまで文章。街頭で演説するようなふるまいは好まない人でした」

奴隷の子孫たちの悲哀を描き、黒人女性初のノーベル文学賞に輝いた。たとえば代表作『ビラヴド』。生まれたばかりの娘が白人に過酷な目に遭わされぬよう願うあまり、わが手であやめてしまう母親の内面に迫る。

運動は5月末、白人警官がひざで黒人男性の首を圧迫して死亡させたのが発端だった。トランプ大統領の挑発や強硬策が火に油を注いでいる面もあるが、それのみが長期化の理由とは考えにくい。

「黒人の労働と我慢なしでは成り立たなかった国なのに、白人支配層は彼ら彼女らを存在しない者のように扱ってきた。その矛盾がいま噴き出しています」と荒さん。直接的な暴力だけでなく、米社会に残る差別の構造が問われているのだと痛感する。

あなた方が目撃しているのは、私たち黒人が曽祖父母の時代から受けてきた非道な扱いに対する正当な異議申し立てなのです——。小説のページを繰るたび、モリスンの生涯の訴えが胸に迫った。

柿の木の35年　8・12

自宅の庭の柿の木が初めて実をつけたのは35年前の秋。人生で最もつらい時期だった。大阪府箕面《みのお》市の谷口真知子さん(72)には、色づいた実が夫からの贈り物のように思われ、涙が止まらなかった。

会社員だった夫正勝さんはその年の夏、羽田発大阪行きの日航123便に乗り、帰らぬ人となった。遺品の中には免許証と走り書きの遺書が。「まち子　子供よろしく　大阪みのお　谷口正勝」。かすかに血と煙のにおいがした。

柿の実に気づいたのは、沈んでいた中1と小3の息子である。5年前、自宅を新築した際に夫が手ずから植えた木だ。「桃栗3年柿8年と言いますが、それよりも早い。私たちのために実らせてくれたとうれしくなりました」

そんな体験をもとに真知子さんは絵本『パパの柿の木』を刊行する。「明日もあさっても続くと信じていた日常が、突然絶たれた。家族で過ごす当たり前の日々がどんなに大切か伝えたいと思います」。事故後、周囲に助けられながら息子を育て上げ、3人の孫も生まれた。

きょうで墜落事故から35年。〈皆おなじ親子に逢《あ》いに御巣鷹に〉。同じ便に乗り合わせた女性客を悼む母親の句が、遺族の文集『茜雲《あかねぐも》』にある。失われたのは乗客ら520人もの尊い命。それぞれの遺族がくぐり抜けてきた歳月をかみしめる。

取材の日、庭の柿の木に触れた。幹は太く、葉は厚い。何十もの青い実が夏の日に輝く。家族ならずとも、正勝さんがそのたくましい木に宿っているように感じられた。

迷えるお盆　8・13

帰るべきか帰らざるべきか。コロナ下で迎えたこのお盆、多くの方が実家への帰省を迷ったことだろう。当方もその一人。高齢の両親から「伝染病を持ってこないで」と言われて断念した。わがお盆史上かつてない事態である。

そもそもお盆という風習はいつ始まったのか。『お盆のはなし』という著書がある名古屋市の長善寺前住職、蒲池勢至《がまいけせいし》さん(69)によると、7世紀には「盂蘭盆会《うらぼんえ》」という仏事が営まれた。もとは中国から伝わった説話。釈迦の弟子が、陰暦7月15日に食べ物を供え、餓鬼道に落ちた亡母を救ったという。

父母の恩に報いる宗教行事だったが、しだいに日本古来の祖霊信仰が加わる。先祖を迎え、再び送り出す機会とされ、平安時代は貴族に普及。江戸時代にはにぎやかな盆踊りも庶民に広まった。

近年は、鉄路、陸路、空路が混み合う民族大移動そのものに。だが今年は様相が異なる。蒲池さんのお寺でも檀家《だんか》へ出向くお盆参りは例年の3割ほど。「お盆はご先祖を思う大切なとき。その意義をご存じない方が増えるいま、コロナで私たちの伝統が絶えてしまっては寂しすぎます」

先日、全国知事会は帰省を控えるよう呼びかけた。ところが担当大臣は「一律の自粛要請はしない」と逆を言う。これではだれもが迷うばかりである。

帰省する方々も、今年ばかりは迷いに迷った末の決断にちがいない。行った先で「白い目」を浴びることがないよう祈りたい。帰省をあきらめた一人のそれが偽らざる願いです。

愛と憎の紫外線　8・14

虚弱な体質だったためか、小学生のころ夏になると祖父からさとされた。「外で日光を浴びないと冬に風邪をひくぞ」。夏休み明け、紫外線をたっぷり浴びて壇上で表彰される同級生がうらやましく見えた。

目には見えないのに、愛されるかと思うとひどく嫌われもする不思議な存在。近刊『紫外線の社会史』を読むと、ドイツの物理学者によって1801年に発見されて以来、紫外線の評価は「有益」と「有害」の間を行き来してきた。

たとえば1930年代には日光浴がブームとなる。科学誌は「太陽を食べよ」と呼びかけ、工場労働者は紫外線浴室に入った。熱はいっとき冷めるが、その30年後、小麦色の肌は再び人気の的に。化粧品会社が「太陽に愛されよう」と呼びかけた。

80年代にはまた転機が。「紫外線は危険　皮膚がんの元凶」と米誌が報道。しわやしみを招くという説が広まり、「美容の敵」呼ばわりされる。気象庁も紫外線情報を出すようになった。

著者は広島工大教授の金凡性《キムボムソン》さん(48)。中学生のころ、全裸で紫外線を浴びる米兵の集合写真を雑誌で見たのが研究のきっかけという。「私たちの科学的常識は将来も不変とは限らない。その振れ幅の大きさを考える上で紫外線は格好の教材です」

連日、列島各地で猛暑が続く。子どものころ紫外線にあこがれた自分が、いまや紫外線をさえぎるクリームに頼る日々である。どうせならわが肌をいためつけず、その力でウイルスを一気に撲滅してはくれないものか。

2020・8月

かなしき国策落語　8・15

「日本の陸海空軍の鮮やかな活躍ぶりは偉いもんでやすな。米英もあきまへんわ。アカンベーエー（米英）」。大戦末期、寄席ではそんな落語が演じられた。面白くないのを通り越して痛々しい。国策落語と呼ばれる。統制色が濃くなった時代、軍部から要請されて当時の作家らが作り上げた。「出征祝《いわい》」「防空演習」「締めろ銃後」。演目を挙げればキリがない。

その歴史を丹念に調べたのは、『国策落語はこうして作られ消えた』の著者、柏木新さん（72）。「当時の思想動員の一つ。大衆に人気の落語に軍部が目をつけ、落語界も忖度《そんたく》して協力しました」

当時から客には不評だった。それもそのはず、庶民が権威筋を笑い飛ばすような本来の伸びやかさが欠けていた。その一方、演芸団体は「高尾」「子別れ」など53の演目を自粛してしまう。禁演落語である。

東京浅草の本法寺《ほんぽう》には、落語家たちが1941年に建てた石碑「はなし塚」がある。禁演とされた作品の台本や扇子がここに埋められた。境内を訪ねると、碑文には「葬られたる名作を弔い」と刻まれている。「本意ではないが、お上《かみ》には逆らいがたい」。落語家の無念がそこに見て取れた。

終戦からきょうで75年。権力の側が「要請」という名の巧妙な圧力をかけ、国民の側はじわじわと「自粛」の連鎖へ追い込まれる。危うい構図は戦中もいまも変わらない。落語界に限らず、教育や文化、報道までが挙国一致の大波にのみ込まれた愚を繰り返してはならないと誓う。

2020・8月

残酷な歌　8・16

作詞家のなかにし礼さんが、「リンゴの唄」を初めて耳にした時のことを記している。大陸からの引き揚げ船のなか、ラジオから〈♪赤いリンゴに唇よせて〉が聞こえてきた。その歌は明るすぎて、自分には残酷だったという。

敗戦は旧満州育ちの少年の境遇を大きく変えた。父はソ連軍に徴用され、健康を害し命を落としてしまう。母や姉と物売りで暮らし、1年余りして引き揚げ船に乗ることができた。「命からがら逃げつづけた同胞が、まだ母国の土を踏んでいないのに。なぜ平気で、こんな明るい歌が歌えるんだろう」。悲しくて泣いたと著書『歌謡曲から「昭和」を読む』にある。終戦直後の流行歌に誰もが励まされたわけではなかった。

戦後75年。しかし全ての人にとって戦争が1945年8月に終わったわけではない。満州からの引き揚げは困難が伴った。ソ連兵による暴行や略奪にさらされ、避難生活で命を落とす人もいた。

我が子が衰弱するのになすすべもない様子が、短歌に残されている。〈母もまた疲れてあれば病める子の顔に群がる蠅《はえ》さへ追はず〉植田道子。詠んだのは引き揚げの途中で子を失った母親で、苦悩を乗り越えるために歌に向かったという（斎藤正二編著『戦後の短歌』）。

別の歌にあるのは子を置き去りにする以外にないという光景か。〈歩くから連れていつてと素足の子が逃避の群《むれ》にまとひつきをり〉。歌の詞書《ことばがき》に詠み人は「戦《いくさ》あらしむな」と記した。二度とこの不条理があってはならないと。

遊びと経済　8・18

人間とはこういうものであるという定義は色々あり、「ホモ・サピエンス」は知恵ある人を意味する。物を作る存在であることを強調すれば「ホモ・ファーベル」となる。いやいや人間は「遊ぶ存在」だという議論もある。

オランダの歴史家ホイジンガが唱え、「ホモ・ルーデンス」の言葉を用いた。彼によれば文化のなかに遊びがあるのではなく、遊びが人間の文化をもたらした。宗教的祭祀《さいし》でも音楽や詩でも、元々は遊びの要素が大きいのだと。

遊びは経済にとっても大きな要素だと改めて思う。今年4～6月の実質GDPの落ち込みが、戦後最悪になったという。大きく響いたのが、GDPの半分以上を占める個人消費が激減したことだ。

感染対策には出歩かないのが一番だと、レジャーや外食など遊びの要素があるものが避けられた。居酒屋、小旅行、映画館、ライブ……どれも最近ご無沙汰だなあと思うと、さもありなんの結果である。

贅沢《ぜいたく》はどんなものであれ、雇用を生み、経済を動かす。18世紀初めにそう唱えたのが英国の思想家マンデビルである。風刺詩『蜂の寓話《ぐうわ》』に「奢侈《しゃし》は貧乏人を百万も雇い……」とつづった。食べ物や家具や衣服の贅沢が「商売を動かす車輪」であるとした。

かつての貴族や大金持ちの贅沢ではなく、人々の小さな贅沢が経済を回すのが現代である。コロナ終息後にやりたいもののリストは長くなるが、当面の役には立たない。雇用の悪化を止める政府の役割が今ほど大事なときはなさそうだ。

元の鞘　8・19

落語にはひどい亭主がよく出てくるもので、「子別れ」の大工、熊五郎も酒と女遊びの度が過ぎた。それが理由で妻子と別れて3年、息子の金坊にばったり会うところから話が動き出す。

てっきり向こうは再婚したものと思い込んだ熊五郎、「今度のお父っつぁんは可愛がってくれるか」と尋ねる。しかし金坊は、「子どもの後に親ができるなんて、あるもんか」。別れた妻は一人で働き、息子を育てていた。

子はかすがいだと言いながら夫婦は元の鞘《さや》へと収まっていく、そんな人情話である。さて話は旧民進党の面々のことで、こちらも元の鞘へ収まりそうだ。国民民主党の過半数の議員が、立憲民主党に合流するという。少なくとも150人の党になるとの見方がある。

議員たちを結びつける「かすがい」はもちろん政策と言いたいところだが、まあ選挙だろう。そう言うとシラケる向きもあろうが、政権を選び、国の政策を変えるのが選挙である以上、悪いことではない。

思えば政権交代の可能性のないことが、この国の政治に緊張感を失わせてきた。さて問題は、旧民進党の面々がこの間、人々の声を拾い、政策を練る努力をしてきたかどうか。合流してできる党が実現可能な対案を示し、国のかじ取りを任せるに足るかどうか。

落語の熊五郎はもともと腕のいい大工で、まじめに仕事に励むようになった。1強に安住する自民党に負けない、腕のいいところを世に見せられるか。そうでなければ合流は、内輪の人情話に終わる。

モーリシャスの座礁　8・20

遠洋漁業の船員たちは、何カ月も自分の国を離れて暮らす。何よりの楽しみは家族や友人から届く手紙だという。マグロ漁船のコック長を務めた斎藤健次さんが書いた『まぐろ土佐船《とさぶね》』には、寄港の際に手紙を受け取る様子がある。

船員たちはまずさらさらと読んだ後、自室でゆっくりと読み返す。手紙や写真だけでなく、子どもが百点を取った答案、家族の会話を録音したカセットテープなども送られてくる。1980年代の風景である。

スマホ全盛の現代にあっても、電波の届かない海上は隔絶された世界に違いない。だからだろうか、インド洋の島国モーリシャス沖で座礁した日本の貨物船をめぐり「Ｗｉ－Ｆｉに接続するために島に近づいた」との話が出ている。船員が警察に供述したと地元紙が伝えた。

報道の通りなら、その代償はあまりに大きかった。船は真っ二つになり、燃料の重油が流れ出た。黒い油で海辺が覆われる映像は、痛々しい限りである。マングローブや魚、鳥たちが犠牲になった。

モーリシャスは世界で唯一、「どうだ、ここが気に入ったか？」と聞かれない土地だ――。作家マーク・トウェインが紀行文にそう記している。空も海も、誰もが気に入るのが当然だからだろう。汚してしまったものの大きさを思う。

船主の日本企業の人員が現地に入り、日本政府も油除去チームを派遣した。取り返しのつかない事態を起こした責任は、自然を取り戻すための努力で果たすしかない。世界の耳目が集まっている。

ポイントの不正　8・21

作家の佐藤優《まさる》さんの父親は銀行に勤める技術者だった。息子には「銀行員になるな」と語っていたそうだ。人の顔を見るたびに、その人間からいくら稼げるのか、値札が見えるようになる。それが銀行員だと（『サバイバル宗教論』）。

もちろん全ての銀行員に当てはまるはずはないが、内部にいた人が感じた銀行の文化だった。さて最近のコンビニには、お客一人ひとりの顔がポイントに見えていた店員がいたようだ。自分のものにできるポイントに。

昨日の東京本社版朝刊によると都内のセブン―イレブンで6月、男性店員がバーコードを読み込む際、こっそり自分のスマホにポイントをつけていたのが発覚した。ポイント登録をしていない客を狙ったもので、不正は他の店員でも見つかった。

1回1回はわずかでも塵《ちり》も積もれば……なのだろう。コンビニ他社でも過去に似たような問題があり、各社が再発防止策に乗り出したのは当然だ。客が損をしているわけでなくとも、ダシに使われるのは面白くない。

買い物に使えるポイントは実態はお金である。思えば最近は、自分の知らないうちに、自分の行動からお金が発生することが増えている。ビッグデータはその最たるもので、スマホから人の往来、クレジットカードから買い物の傾向などが集められ、膨大なデータが消費者動向として売買される。

みんなが値札をつけて歩いている。どこかにある巨大なシステムの目には、そんなふうに映るのか。ややこしい世の中になった。

秋を探す　8・22

残暑というのもはばかられるほどの暑さだが、だからこそ秋の気配を探したくなる。公園で赤とんぼを見かけた。水田ではまだ青い稲穂が、こうべを垂れはじめた。大音量だったセミの声も、中音量くらいになってきたような。

そんなときに心を引かれるのが、夏から秋への移り変わりを詠んだ句である。〈ひとすぢの秋風なりし蚊遣香《かやり》〉渡辺水巴《すいは》。蚊取り線香がいつも身近にあった頃を思い出す。風が涼しくなったことに初めて気づくのが、あんなに嬉《うれ》しいのはなぜだろう。

秋に入ってすぐの涼しさには「新涼《しんりょう》」の呼び名がある。〈新涼や尾にも塩ふる焼肴《やきざかな》〉鈴木真砂《まさ》女《じょ》。秋の涼気は食欲も運んでくる。サンマはまたも不漁が伝えられており、初物にお目にかかれるのはいつだろう。

さて人間社会の季節感のほうは、新型コロナに調子を崩されっぱなしである。休校した遅れを取り戻すべく、小学校の多くで新学期が始まっている。花火大会や夏祭りもなくなり、絵日記に何を書こうかと困った子もいたか。

以前からある多くのコロナウイルスは夏の高温多湿に弱いと聞き、新型にも淡い期待を持ったのだが、どうも彼らには季節感というものがないらしい。春、夏そして秋と、お付き合いがまだ続きそうだ。

「初秋《はつあき》」という言葉があり、立秋を過ぎたあとの8月のことだと歳時記で知った。秋を待つ気持ちが、文字から伝わってくる。暑さはまだ続くにせよ、せめて猛暑日ではなく真夏日くらいにしてほしい。ささやかな願いである。

バスケが広げる世界　8・23

人口800人の農村に育った少年は、バスケットボールの最高峰である米NBAはおろか、競技すら10歳まで無縁だった。ドキュメンタリー映画「サトナム」はインド初のドラフト指名を勝ち取ったサトナム・シン選手の物語である。

転機は14歳で訪れた。すでに2メートルあった長身を見込まれ、米国への留学生に選ばれる。しばらくは何を話しかけられても「ソーリー」としか返せなかった。

故郷の期待と不安に押しつぶされそうな主人公に、周囲は英語を教え、コートでは体を鍛え、選手としての生き方を考えさせた。２０１５年、19歳となり、年60人しかいない指名を受けるまで、あきらめることなく声をかけ続けた教師や指導者、代理人の姿が印象的だった。

ＮＢＡが強く海外を意識したのは92年のバルセロナ五輪である。プロで固めた米国の「ドリームチーム」が、大成功を収めた。ここから海外の有力選手を受け入れるだけでなく、若い才能を発掘し、育てる取り組みが進んでいく。

商業的利益がその主目的ではあっても、世界の国々に及ぼしたものは小さくない。まだＮＢＡでの出場は果たせていないが、シン選手の存在は13億の人口を抱えるインドに自信の輪を広げたことだろう。今季プロ入りを果たし主力となった八村塁選手や、渡辺雄太選手の活躍を考えれば、その影響力は想像できる。

リーグ戦の開幕時には38カ国・地域から１０８人の外国選手が名を連ねた。壁は高いほど選手をひきつけ、人々の心を沸き立たせる。

感染ゼロの街　8・24

「安心して感染したい」。その言葉を見かけたとき、何ごとかと目が釘付けになった。ある5コマ漫画に付された題。感染者がひとりも出ていない町に暮らす人々ならではの心のひだが描かれていた。

「狭い町で噂《うわさ》になるから一人目にだけはなりたくないわ」「感染したって分かったらすぐに村八分にされんぞ」。新潟県見附市の公式フェイスブックに先月載った作品だ。不安を訴える住民に続き、作者が自らつぶやく。「噂するのも村八分にするのも後ろ指さすのも陰口を叩《たた》くのもウイルスじゃない。この、『ひと』なんだよなぁ」

描いたのは地元在住のイラストレーター村上徹《とおる》さん(40)。人口4万の小さな市は感染者ゼロで推移してきた。「住民には重圧でした。もし感染しても、早く完治してねと励まし合う町であってほしいと絵筆を走らせました」

感染拡大の第2波がやまない。同じ不安に直面している市町村は少なくないだろう。「うちが感染源になったら、ご近所に申し開きできない」。当方も今夏、実家の親から幾度も念を押され、帰省をあきらめた。

さて見附市では先週、初めての陽性者が確認された。ウイルスは市町村の境目などものともしない。それなのにウイルスではなく、感染者と家族ばかりをなじる言動が各地でいまなお絶えない。

2020・8月

ことここに至れば、大切なのは、陽性者が出たあとの対応であろう。老若男女、だれもが安心して感染できる世の中でありたい。そうなれば闘う相手はウイルスだけで済む。

初めての「集中豪雨」 8・25

静かな駅舎には似つかわしくない巨石に目がとまった。京都府南部の井手町にあるJR玉水駅。6トンの塊は500メートル先の川から転がってきた。戦後の復興期に起きた大水害の物言わぬ語り部である。

地元ガイドの宮本敏雪《としゆき》さん(85)はいつもこの石を前に語り始める。1953年8月、記録的な大雨で堤防が決壊し、土石流が家々を押しつぶした。死者・不明者336人。「集中豪雨」という言葉は、この南山城《みなみやましろ》水害のときに新聞で初めて使われた。

あの夜、18歳だった宮本さんは「変な音がする」と母親に起こされた。水がみるみる迫る中、土壁を破って隣家の屋根にはい上がる。一面の水と流木が引くと、町並みは一変していた。

被災者である自分に何ができるのか。10年ほど前から地元の学校で体験を伝え始め、紙芝居も監修した。「命は自分で守らなあかん。口酸っぱく言い続けていきたい」。駅舎工事に伴い巨石が撤去されそうになった3年前は、先頭に立って保存を訴えた。

今回の取材では、巨石と並んで1枚の写真が胸に迫った。子犬を背負った男の子が不安そうにたたずむ。隣接する和束《わづか》町によると、豪雨で一家5人を失ったマーちゃん。いまも所在がわからないという。少年のうつろな視線が、人々の運命を暗転させた水害の恐ろしさを伝える。

今年も梅雨前線が熊本を中心に深刻な被害をもたらした。台風への警戒も欠かせない。水害列島に暮らす一人として肝に銘じたい。教訓を忘れないことが備えの一歩であると。

賽銭の効能　8・26

「BIG　YEN」。米紙が1974年夏の参院選を報じた際、金まみれの実態にあきれ、そう報じた。ある候補は20億円を注ぎ込み、逮捕者は100人を超えたという。

民俗学者杉本仁《じん》さん(72)の著書『民俗選挙のゆくえ』に教わった。逮捕者を出した陣営の参謀がこの選挙で唱えたのが「10当7落」。10億円を投じれば当選圏だが、7億円では落ちるという意味だ。

参謀自身も罪に問われるが「買収資金ではなく後援会作りの金だ」と訴える。その世界では広く知られ、「選挙の神様」と呼ばれた。当落は「賽銭《さいせん》」しだいと説き、どこの誰にまくべきか知り尽くした人だった。

まるで同じ論法をきのう耳にした。「選挙運動を依頼する趣旨ではない」。前法相の河井克行被告が、妻の案里被告ともども無罪を主張した。県議ら100人に現金を提供したとおおむね認めつつも、あくまで当選祝いや陣中見舞いだったと述べた。

弁護団いわく「地盤培養」のため。耳慣れない言葉だが、自身の支持地盤を盤石なものとする活動を指すそうな。検察側の言う通り、当選7回の国会議員がトイレや自車の中でなりふりかまわずに札束を握らせていたとしたら、そんな行為の呼び名に「培養」はまるでそぐわない。

自民党本部から夫妻側には1億5千万円もの大金が支給されていた。通常の10倍だそうだ。党本部が当落の線をそのあたりと読んだのか。それにしても改めて驚かされる。いまの世にもこれほどの「賽銭」が飛び交っていたとは。

ワクチンにすがる心　8・27

こちらの期待は取材の冒頭、あえなく崩れた。「陸上の障害走で言うと、10台のハードルのうちまだ最初の2台を跳んだあたりです」。北里大の中山哲夫特任教授(69)に、新型コロナウイルスのワクチンは完成間近ですかと尋ねたときのことだ。

ですがロシアの大統領は、完成して娘にも試したと誇っていたような。「まだ医学論文も出されていない。開発のごく初期のはずです」。やはりそう簡単ではない？「感染を抑える力があるか、深刻な副反応はないか。すべてを見極めるには時間と手間を要します」

過去の感染症での開発ぶりが気になります。「まさに失敗の連続。コロナの仲間のSARSやMERSでも、人体に有効と認められたワクチンは存在しません」。天然痘では威力を発揮したけれど、すべてワクチンで解決できるなんて夢のまた夢か。

いま国々が開発にしのぎを削る。日本は欧米の製薬大手と供給の合意にこぎつけた。これまでワクチンの安全性には懸念の声もあったが、コロナ不安の合唱の前にかき消されたかのようだ。大国の指導者からは「自国の分は確保した」との発言が相次ぐ。争奪戦が過熱し、途上国に行き渡らなくなる事態が恐ろしい。自国第一主義が感染拡大を続けるいま、杞憂《きゆう》とは言えまい。

それでもワクチンにすがりたい心境です、やっぱり。「効き目と安全性をしっかり確かめないことには。どうかご理解を」。ここは腰をすえて待つほかない。慌てず騒がず、政治の宣伝に踊らされず。

2020・8月

試合よりも大事なこと　8・28

出場しようにもコートへの立ち入りを認めてくれない。大会に参加できても、ホテルから宿泊を断られる。長らく白人一色だった米テニス界に挑んだアルシア・ギブソン選手は幾度も泣く思いをしてきた。

1950年、白人の著名選手の後押しもあって、黒人女性として初の全米選手権出場を果たす。その後、英ウィンブルドン連覇など偉業を達成した。今日のテニス界で多様な選手がプレーできるのは、彼女が道を切りひらいたからである。

「私はアスリートである前に、一人の黒人の女性です」。大坂なおみ選手(22)が出場中の大会の棄権を表明した。再び起きた白人警官による黒人男性暴行に抗議するボイコット。「白人が多い競技で議論を始めることができれば、正しい道へのステップになる」と訴えた。

発端は、今回の銃撃現場に近い都市を拠点とするバスケットボールチームが棄権したことだった。「試合を見るよりも大事なことがあると気づいてほしい」。憤りの波は大リーグへも広がった。

試合に出ることで稼ぎを得てきたプロ選手が、それぞれの生業の場を犠牲にして、抗議の声を上げる。いつまでもやまぬ黒人差別が、アスリートを前代未聞の行動に追い込んだのだろう。「最大の悲劇は善人による沈黙だ」。大坂選手のライバル、コリ・ガウフ選手(16)の渾身《こんしん》の演説を思い出す。6月の抗議集会で、故キング牧師の言葉を引いて訴えた。問われるのは、長く沈黙を決め込んできた世の多くの善人たちの姿勢である。

最長首相の退陣　8・29

「いかなる政策を実行するにせよ、常に民意の存するところを考察すべし」。ちょうど100年前、首相の座にあった原敬の言葉である。平民宰相はそう訴え、教育や鉄道の充実に尽くした。この名言を2年前、演説で引用したのが安倍晋三首相だった。党総裁選で3選を果たした直後のこと。当時の映像を見ると目に力があり、口元には自信がみなぎっていた。

きのうの会見はまるで対照的だった。張りを欠く声で、「志半ば」「悩みに悩んで」「断腸の思い」。17歳から悩まされてきた持病を克服できなかった無念がにじんだ。

歴代最長の在任7年8カ月。株価を上げ、五輪を招致し、改元をつつがなく終えた。だが長期政権の弊害が目立つようになり、せっかくの業績を吹き飛ばす。民意はどこへやら、首相に近しい人物があれやこれや厚遇を受ける疑惑がいくつも浮上。「女性活躍」「人生１００年時代」など看板政策は看板のままで終わった。

さて後継選びはどう進むのか。前任者が「１強」の場合に思わぬ混乱が起きるのは、政界に限った話ではない。たとえば１９９０年代、東京・上野動物園のサル社会。13年半もの間、権力の頂点にあった「ロン」が退陣すると、跡目争いがもつれにもつれ、権力に空白が生じたと聞く。

沖縄や拉致といった課題が残された。何よりコロナ禍のまっただ中である。収束に向けて陣頭に立つべき首相選びで混乱している余裕などない。そして願わくは、民意に寄り添うリーダーを迎えたい。

戦時下の畑　8・30

戦時下の食糧不足の話に接するたびに思い出す写真がある。国会議事堂の真ん前が掘り起こされ、畑になっている。クワを手にする男たちのなかには上半身裸の人もいて、暑い盛りを思わせる。

食糧増産のかけ声の下、ありとあらゆる土地にイモなどが植えられた。敗戦後も食糧事情の悪化は続き、焦土を掘り起こしてでも作物を育てた。その頃の短歌が『昭和万葉集』にある。〈非力にて何事もなし得ざりしかば直《す》ぐなる胡瓜《きうり》生《な》らしめむとはする〉藤原咲平。せめて土に向かい、まっすぐなキュウリを。それは欠乏のなかの慰めでもあったか。戦中戦後とは比べるべくもないが、このコロナ禍も土と向き合う人を増やしたようだ。

種苗会社の最近の調査によると、家庭菜園で野菜などを育てている人のうち、この3月以降に新たに始めた人が3割に上ったという。外出がままならず家にいる時間が増えたことも影響したのだろう。かく言う当方もこの春から土に親しむようになった。

キュウリの成長がこれほど速いとは知らず、育ちすぎの実をいくつも取った。一方でトマトは真っ赤になるまで何日も待たされる。野菜にはそれぞれリズムがある。スーパーに同じようなものがいつも並ぶことが、不自然にも思えてくる。

外食が減り、料理することが増えた方もいるだろう。手作りマスクをきっかけに、手芸に目覚めたという方も。何でも買うのではなく、つくる楽しみに気づく。そんな動きを思うと、世の中悪いことばかりではない。

組織票と自由票　8・31

直木賞作家の今東光《こんとうこう》が参議院全国区に立候補したとき、選挙事務長を引き受けたのが友人の川端康成だった。ノーベル文学賞を受賞する数カ月前のことである。当選が決まった直後の弁が当時の文芸春秋にある。

有名人候補が頼りにするのは組織票というより「浮動票」だが、その呼び名に川端はかみついている。「有権者に無礼極まる、無神経極まる」言葉であり、「自由票」あるいは「自主票」「独立票」と改めるべきだと。支持してくれた人への敬意なのだろう。

さて目下の自民党総裁選でいうと、自由票、自主票に近いのは、全国の党員・党友による投票であろう。国会議員票と違い、派閥の論理に必ずしも縛られない。しかしそんな自由さを怖がっている人たちが、党の中枢にはいるようだ。

党員らには投票させず、国会議員中心の総裁選とする案が有力になっている。コロナ対応のなか、政治空白を避けるためという。次の内閣まで責任を果たすと言った現首相はじめ、副総理、閣僚は怒るべきではないか。自分たちの存在は空白なのかと。

外野からとやかく言いたくなるのは政治が面白くなってほしいからだ。党員票を獲得すべく政策を掲げ、説得に力を尽くす政治家たちの姿が見たい。現首相のお墨付きがどうとか、派閥の支持がどうとかではなく。

票が読めなくなるような政策論争よりも、派閥の頭数を数える方が楽。それが党重鎮の方々のお考えか。楽々と数えられてしまう議員の皆さんも、よく考えたほうがいい。

2020・8月

2020

9月

地震と公園　9・1

明治初めに米欧を訪れた岩倉使節団は、西洋文化の一つとして公園にも注目した。公式記録『米欧回覧実記』に「西洋人は外に出て人々と交際することが好きであり、それだからこそ小さな町にも必ず公園が設けられている」と記した（大久保喬樹《たかき》・現代語訳）。

一方で東洋人は自宅でくつろぐのを好むから、庭をつくるとも述べている。文化比較の当否はともかく、公園は近代都市には欠かせないと明治国家の担い手たちは考えたようだ。

東京・日比谷などにできた初期の公園は、鹿鳴館などと同じく欧化政策の一つだったのだろう。しかし１９２３年９月１日の関東大震災で、別の有用性に気づかされる。公園の多くが避難所として、地震の引き起こした火災から人々の命を守った。

その後の復興計画で、隅田公園など三つの復興大公園、さらには52の復興小公園がつくられた。小公園は遊具などを備えた子どもの遊び場で、学校の近くに設けられた。その多くは今も地元で親しまれている。

首都を襲った災禍を忘れぬようにと定められたのが、きょうの防災の日である。防疫の話ばか

2020・9月

りが続く昨今だが、天災がコロナ禍を避けてくれるわけではない。もしものときに自分の身を守ってくれる広場や空間はどこか。改めて思い起こしたい。

関東大震災を機に前に進んだのは、公園に限らない。正確な情報が伝わらず、デマが飛び交った反省から、ラジオの放送開始が急がれたといわれる。過去にあった苦難を思いつつ、糧にできれば。

通帳のたそがれ　9・2

趣味は、銀行での通帳記入。エッセイストの阿川佐和子さんのそんな言葉がだいぶ前のアエラ誌にあった。背景には、かつて父親から「誰のおかげでけっこうな暮らしができると思っているのだ」と言われた悔しさがあるらしい。

自分で仕事を始めてみて、お金を貯めることの楽しさを知った。通帳に刻まれていく数字は、自立の証しでもあったか。考えてみれば預金通帳は、お金から見た個人史、家族史でもある。過去の通帳をすべて保存している方もいらっしゃるか。

銀行口座に付きものと思っていた通帳が、やがては消えそうな雲行きだ。みずほ銀行では来年から、新たに口座を開く時に紙の通帳を求めると1100円の手数料がかかるようになる。70歳以上は無料という配慮はあるが、紙でなくウェブの通帳を強く促すものだ。

理由は経費削減で、他行にも追随の兆しがある。古代史をひもとけば、紙以前に使われた木簡には、コメなどの帳簿も記されていた。出納の記録がいかに大事だったか。通帳のたそがれは、それなりの歴史的事件かもしれない。

知らず知らずのうちに個人史を刻むモノは色々ある。予定を書き込んだ手帳だったり、その時々に好きだった音楽CDだったり。しかしそれらも、スマホの予定表や音楽配信に取ってかわられつつある。通帳の扱いも大きな流れの中にあるのだろう。

デジタル化は止められないし、便利になるのはいいことだ。それでもちょっと寂しい気がすると、紙の日記には書いておこう。

2020・9月

ケインズの例え話　9・3

経済学者のケインズは、株式市場をある種の「美人コンテスト」に例えた。そのルールは、参加者が自分の好みで投票するのではなく、誰が選ばれるかを当てるというものだ。自分の判断より、他のみんながどう判断するのかを考えることになる。

そうやってうまく勝ち馬に乗れた投資家が得をするのが、株の世界なのだろう。同じことは今回の自民党総裁選でも言えそうだ。菅義偉官房長官への派閥の支持が、雪崩のように集まった。もしも負ける側につくと、株で大損するように冷や飯を食うことになるから、みんな必死だ。逆に勝つ側にいれば、政府や党のポストなどの配当も期待できる。政策論争を待つことなく、素早い投資行動がなされた。

勝ちが見えたところで菅氏の記者会見が開かれた。ほとんどの課題で「安倍政権を継承し、前に進める」とだけ語っていた。何も変わらないから安心して下さいというメッセージは国民向けか、それとも議員向けか。

今の政権の続編だとここまであっけらかんと言う総裁候補も珍しい。とすればその体質も引き継ぐことになるか。忖度《そんたく》がはびこる強権。情報公開や記録をないがしろにする秘密主義。そんなやり方は反省し改めると、菅さんの口から聞きたかったのだが。

さてこの総裁選相場、うまいこと操った人たちがいるようだ。例えば二階俊博幹事長は早々と菅氏の支持を決め、勝ちやすいルールを選んだ。残念ながら相場操縦が罪になるのは兜町の世界であって、永田町ではない。

三権分立と香港　9・4

フランスの思想家モンテスキューは20年の歳月をかけて、大著『法の精神』を書いた。終盤には視力も失われていったようで、「私の著作は、私の力が少なくなるのにつれて大きくなります」と手紙にしたためた（スタロバンスキー著『モンテスキュー』）。

権力の乱用を防ぐため、立法、司法、行政の三権は相互に独立すべきだ。そんな内容を持つこの本は、１７４８年に出版されると評判になり、英訳、イタリア語訳も現れた。米国でも読まれ、合衆国憲法に生かされた。

多くの近代国家の原理になってきた三権分立だが、いま時計の針を巻き戻すような動きが香港で起きている。林鄭月娥・行政長官が「香港には三権分立はない」との考えを明らかにした。

中国政府の意向が働く行政が、議会や裁判所より上に来るという宣言である。完全な民主主義はない香港だが、それを補うように「法の支配」「法の下の平等」があるというのが市民の誇りだ。踏みにじられてしまうのか。

香港国家安全維持法違反容疑で逮捕された民主活動家の周庭氏によると、昨年夏に日本経済新聞に出した意見広告が容疑の証拠として示されたという。法制定より前の事実が罪になるなら、法の支配は風前のともしびだ。国際社会に支援を求めたことで裁判にかけられるなら、問題はすでに私たちの足元に及んでいる。

司法権力が行政権力と一体になったら、何が起きるのか。モンテスキューは「裁判官は圧制者の力をもちうることになろう」と書いた。

虫の目　9・5

フランス文学者の奥本大三郎さんにとって、最も古い記憶の一つが、父親が捕まえてくれたトンボだという。逃げようとして、ぶるぶるともがいていたその虫のエメラルドグリーンの大きな目が、こちらをじっとにらんでいた。

「三歳の私はたちまち、一種、呪文をかけるような、虫の眼の魔力にとらえられ、その世界に引き込まれてしまった」と、自伝エッセー『蝶《ちょう》の唆《おし》え』にある。昆虫少年を経て昆虫成年となり、ファーブル昆虫記の完訳も成し遂げた。

ものごとの細部を捉える視点を「虫の目」と言う。実際の虫の目をまじまじと見たのは小学生の頃だったか。「虫の目」で虫たちを見つめてきたのが、かつてのジャポニカ学習帳の昆虫写真だった。

虫の大写しが苦手な子もいるとして、8年前に姿を消し、植物写真で表紙を飾ってきた。それが最近になって復活したとの記事がおとといの夕刊にあった。新シリーズのカミキリムシの顔は、なかなか精悍《せいかん》である。

虫たちの世界に、宇宙を感じることがある。雑草を引き抜いたら、図らずもアリたちのすみかを破壊してしまったとき。野菜の花や茎に暮らす小さな小さな虫たちを見るとき。自分の中にある遠近感が揺さぶられる気がする。

拡大鏡で昆虫を見る。その意味について、虫好きの解剖学者、養老孟司さんが「虫を百倍にするということは、世界を百倍にしたということなのである」と書いていた。大自然。地球環境。そんな言葉の重さを感じさせてくれる小さな命がある。

保健所80年の浮沈　9・6

敗戦直後の日本に降り立った米占領軍のクロフォード・サムス大佐はいきなり頭を抱えた。蚊が多く、街には浮浪児。何より天然痘など感染症の多さに驚く。公衆衛生部門の長として、保健所改革の難事業に乗り出す。

保健所は戦前からあったものの、大佐の目には診療所でしかなかった。東京・杉並に初のモデル保健所を開く。個々の患者の診察ではなく、地域の公衆衛生を担う大切な役所であるべきだ。そう説いて、各地に同様の施設を増やす。

「サムス大佐が帰国すると、たちまち人員も予算も削られた。『保健所たそがれ論』がしきりに言われました」。そう話すのは浜松医科大教授の尾島《おじま》俊之さん(57)。愛知県内で保健所長を務めた経歴を持つ。それでも戦後の保健所は結核を減らし、乳児の死亡率を下げるなど功績をあげた。

尾島さんは、近年では1994年の法改正が転換点だったとみる。健診や相談が市町村に移管され、保健所の統廃合が進む。その数いまや469カ所。法改正前のほぼ半分だ。そこに新型コロナが襲いかかった。

入院先を探したり濃厚接触者を特定したり、都市部では人手不足に陥った。激務のあまり休職を余儀なくされた人もいる。退職者や他の部署からの応援を得て何とか持ちこたえていると聞く。最前線での連日の奮闘には頭が下がる。

保健所がこれほどの注目を浴びるのは占領期以来かもしれない。ふだん地味ではあっても、いまだからこそ、その大切さとありがたさが痛いほど身にしみる。

デジタルの闇　9・7

相手は13歳の自分と同じ年代の男子。オンラインゲームを通じて知り合い、チャット機能で会話を重ねた。初めて会ったのは8カ月後のこと。自宅近くで待ち構えていたのは、想像とはまるで違う38歳の凶暴な男だった。

米東部で18年前に起きた誘拐事件の被害少女が、成人後、地元ラジオ局に語った証言である。見知らぬ街へ車で連れ去られ、4日あまり監禁された。彼女はその後、同じような行方不明の少年少女を救う活動に身を投じている。

オンラインで子どもを誘い出す事件が後を絶たない。今度は横浜市で小4の女の子が誘拐された。逮捕された男(38)はゲームを通じて知り合ったと供述している。2日半後、無事に保護された。

男の自宅付近をきのう訪ねてみた。東京・葛飾の静かな住宅街の一角。白い2階建てで、雨戸が閉められている。近くには菜園が広がり、隣家から子どもの笑い声も。詳細は捜査を待つほかないものの、誘拐という凶悪事件の舞台とは似つかわしくないように思われた。

2020・9月

「ストレンジャー・デンジャー」とは、米国で「見知らぬ人を見たら危険と思え」と教える言葉だ。冒頭の誘拐事件の少女もふだん、両親のその教えをきちんと守っていたという。それでもデジタル空間では危険な誘いを見抜けなくなってしまう。

横浜の女の子にとっても、容疑者は顔こそ知らないけれど、友だちという感覚ではなかったか。「見知らぬ人を見たら危険と思え」に代わる、デジタル時代ならではの標語がほしい。

台風の目に飛び込む　9・8

飛び込んでみると、台風の目の中は静穏で暖かく、乾いた世界だった――。3年前の秋、日本を直撃した台風に小型機で突入し、観測した名古屋大学教授の坪木《つぼき》和久さんが目の内側を活写している。

著書『激甚気象はなぜ起こる』によると、分厚い雲の中を飛行中、いきなり視界が開け、眼下に荒れ狂う海が見える。観測装置を投下し、気圧や風速など詳細なデータを収集した。

日本近海を含む北太平洋西部では、かつて米軍が台風を航空機から観測していた。それが途絶えた30年の間にじわじわと増えた猛烈な台風を正確に予測するため、直接観測に乗り出した。それでも昨年、本紙の取材に「精度のよい気象情報は大事だが、主体的な避難の方が重要です」と述べている。

九州に激しい雨や風を浴びせた台風10号。その衛星写真の中央には丸く巨大な目が映っていた。残念ながら、またしても犠牲者が出てしまった。そんな中、特筆すべきは九州や中国四国で20万人を超す方々が避難したこと。被害の拡大を抑える上で、早めの呼びかけが功を奏したらしい。

「大きく成長した台風の目は、恐ろしい悪魔のよう」。宇宙飛行士油井《ゆい》亀美也さんが地球の外から見た感想だ。自著の『星宙《ほしぞら》の飛行士』に記した。長野県でレタスを育てる父親を気遣い、「畑が気になっても見に行かないで避難して」と宇宙から電話をかけたそうだ。

日本列島が地球のこの位置にある限り、台風の目は避けられない。肝心なのはやはり早め早めの避難である。

勝負の行方　9・9

セ・パを通じ、最速のリーグ優勝はちょうど30年前の巨人である。快挙を報じる9月9日付の本紙朝刊の見出しは、「なあ～んだ今年のプロ野球」「味気なかったシーズン」。あまりの圧勝に冷えたファン心理を伝える。

しかし、ふりかえれば最終盤まで見どころが多かった。首位打者争いはしれつで、野茂英雄さんら新人の活躍も忘れがたい。日本シリーズでは巨人が4連敗するという驚きも。勝負の世界は一寸先すら見通せない。

さて、こちらの勝負はどうか。自民党総裁選がきのう始まった。元幹事長は「納得と共感」を掲げ、政調会長は「分断から協調へ」を訴える。優位が報じられる官房長官が誓うのは「首相の継承」。立ち位置は三者三様だった。

こと語り口に限れば、官房長官はやや木訥《ぼくとつ》な印象か。意に沿わぬ官僚を更迭するなど強面《こわもて》ぶりが伝えられるが、きのうの名乗りは「雪深い秋田の農家の長男」。たとえるなら、甲子園を沸かせたわけでも、ドラフト1位でもない政治人生を強調した。

「大臣は努力すればなれる。党三役はすごく努力すればなれる。でも総理総裁は努力だけではなれない」。田中角栄元首相の言葉だ。禅譲や後継指名など何の保証にもならない政治の裏面を知り尽くした人ならではの深みがある。

勝敗は揺るがないとしても、この総裁選、早々と目をそらすのはもったいない。良くも悪くも党の看板打者として脚光を浴びる3人である。だれが日本の顔にふさわしいか、よくよく目を凝らしたい。

国勢調査100年　9・10

100年前の秋、国中がお祭り騒ぎに包まれた。「国勢調査は文明国の鏡」「調査に漏れては国民の恥」。そんな標語が街に貼られ、初めての国勢調査を迎える。10月1日当日、人々は家で調査員を待ち構え、繁華街は静まりかえった。

佐藤正広著『国勢調査　日本社会の百年』によれば、当時は日露戦争と第1次大戦を終え、愛国の気分が高まったころ。国民も「一等国と肩を並べるには欠かせない調査」と受け止めたようだ。

戦前から調査員が各戸を訪ね、住民と対面するのが基本だった。税の交付額や選挙区の区割りなどに欠かせないと政府は言う。質問項目には時代が映る。戦後すぐは引き揚げ経験の有無を、平成に入ると通勤時間を尋ねた。初婚かどうかを問うた年もあり、思わず赤面した。

神奈川県海老名市の大山麗子さん(82)は、半世紀にわたって調査員を務めた。「時代とともにプライバシー意識が高まり、調査を拒む方が増えた。ずうずうしさがないと務まらない仕事です」。大正の昔とは違い、家の中まで国家に踏み込まれたくないという感覚が広まったのか。

2020・9月

5年に1度、21回目となる国勢調査が来週から始まる。対面できない例が増え、さらにコロナ禍も加わった今回は、オンラインや郵送による非接触型の回答が推奨されている。

統計調査は続けてこそ意味があろう。それでも、そのやり方は柔軟に変えていかざるをえない。100年先の人々は、いまの私たちの質問と方法のつたなさに赤面するのだろうか。

ALSと生きる　9・11

夫婦で表裏1枚という名刺を初めていただいた。長野県諏訪市の酒蔵「本金《ほんきん》」の宮坂恒太朗《こうたろう》さん(40)、ちとせさん(44)。小さな蔵を切り盛りするふたりだが、夫の病が進み、妻が常に寄り添うようになった。

全身の筋肉が衰える難病、筋萎縮性側索硬化症(ALS)を発症したのは、恒太朗さんが31歳のとき。おはしが急に重く感じられ、ビンのふたが開けられなくなった。

江戸中期から続く蔵元で、杜氏《とうじ》として抜群の酒をつくると意気込んでいた。日本酒の展示会で、酒を飲んでいなかったにもかかわらず「飲んで仕事をするな」とお客さんに叱られる。いつの間にか、ろれつが回らなくなっていたことにがくぜんとした。人と会うのもつらくなった。

そんなとき声をかけてくれたのが、諏訪市在住の車いすの画家、原田泰治さん(80)。車いすで入れる店を増やし、街をバリアフリー化していこうと誘われる。「らくらく入店」と書かれた特製ステッカーを作り、スロープ完備でなくても、出入りを手伝う店員がいればOKとした。

運動に参加したことで世界が開けた。「普及のため大勢の前で自分の闘病や思いを伝える。やりがいを感じます」。飲食店のほか、病院や理容店、信用金庫も。ステッカーは54店に広がった。

本金のお酒を一口いただく。素朴で奥深い。取材の間、質問にはまず恒太朗さんが声を絞り出して答え、それをちとせさんが伝える。助け合い、いたわり合うふたりが外食を楽しめる店が増えてほしいと切に願う。

ポアロの100年　9・12

海外ミステリー史上もっとも有名な被害者がいる。1926年刊行の『アクロイド殺し』に登場する英国人男性ロジャー・アクロイド。その鮮やかなトリックはいまも輝く。

東京都三鷹市に住む数藤《すどう》康雄さん(79)は大学院生のとき、その名作で使われている機器に納得がいかなかった。思い切って作者であるアガサ・クリスティー本人に手紙で問い合わせる。まさかの返信が届いたのは1カ月後。文通が始まった。

6年後、会社員になった数藤さんに作家から招待状が届く。キツネにつままれたような気分で英国へ。別荘で会った第一印象は小柄なおばあちゃん。「お茶や夕食をいただきながら、無我夢中で話した。夢の2日間でした」

ピンと立った口ひげの名探偵ポアロをひっさげ、クリスティーが作家デビューして今年で100年。『そして誰もいなくなった』『オリエント急行の殺人』など多彩な作品は世界各国で読みつがれ、いまも色あせない。

自伝を読むと、自由奔放な生き方にも引き込まれる。将校と駆け落ち同然で結婚するが、失踪事件を起こす。再婚相手は旅先で出会った14歳下の考古学者。「後戻りはできない、人生は一方通行なのだから」。作中の台詞《せりふ》にミステリーの女王の思いがにじむ。

何を隠そう、当方も小学生のころ、ポアロの名推理に夢中になって以来のファンである。誰がアクロイドを殺したのか、再びページを開きたくなってきた。結末を知っているのに、至高のトリックにもう一度酔いしれたくて。

泥棒と目　9・13

作家の川端康成は色々エピソードをお持ちの方のようで、あのぎょろりとした目で泥棒を撃退したことがあるらしい。吉行淳之介が「川端康成伝断片」というエッセーで紹介した話で、川端が寝ている部屋に泥棒が忍び込んできた。

泥棒はコートの内ポケットを探りつつ、まだ眠りについていなかった川端とふと目があった。その瞬間、「だめですか」と言うなり、逃げ出したという。たしかに川端の容貌《ようぼう》は、写真で見ただけでも視線の力を感じる。

泥棒を寄せ付けないような厳しい目は、この仕組みには存在しなかったか。NTTドコモの電子決済サービス「ドコモ口座」を通じ、銀行預金が不正に引き出される事件が起きた。怖いのは、ドコモの電話もドコモ口座も使っていない人が、被害にあっていることだ。

何者かが銀行の口座番号などを入手し、勝手に開設したドコモ口座と結びつけたらしい。なりすましを防ぐための監視の目が甘かった。各人が銀行の通帳を確認すべきだというから、おおごとである。

2020・9月

ネットで買い物をすると、誰かに見られている気がする。あなた好みの商品はこれだと購入履歴から推薦してくるのは機械の目だ。なかには悪意ある人間の目もあろう。これまで自分に問題が起きていないとすれば、一種の幸運かもしれない。

ドコモ口座の11日時点の被害は12銀行73件、1990万円だが、全貌《ぜんぼう》も容疑者も明らかではない。それでもドコモはどういうつもりか、このサービスを停止する考えはないらしい。

黒人少年に起きたこと　9・15

たとえおもちゃであっても、公園で銃を振り回すのは感心できることではない。しかし、それを理由にすぐさま射殺されるような行為かというと、絶対に違う。2014年に米国オハイオ州で黒人少年の身に起きたのは、そういうことだ。

男が銃を人に向けているという通報を受け、警官が駆けつけた。その瞬間をとらえた動画を見ると、パトカーから警官が降り、2秒後には発砲している。12歳のタミル・ライスさんは銃弾を浴び、翌日亡くなった。

「撃った。黒人の男だ。20歳くらい。拳銃を持っていた」などと警官は無線で連絡していた。わずか数秒で事態を把握できるわけはない。背景には黒人差別があるとして抗議行動が起きたが、撃った警官は結局、不起訴となった。

日本では短く報じられただけの事件である。いま光があたるのはテニスの大坂なおみ選手の勇気ある行動による。全米オープンで、警察などの暴力により命を落とした黒人の名前を記したマスクをつけた。試合ごとに替え、優勝を決めた日のライスさんで7人になった。

マスクに込めたメッセージを問われると「あなたがどんなメッセージを受け取ったのか。それの方が大事です」と答えた。7枚のマスクは大坂選手が世界に放った強いサーブなのだろう。それを打ち返すことは、問題を知り、考え、誰かと話をすることだ。

人が人を虐げることは、悲しいことに世の中から消えてなくならない。しかしそれを乗り越える試みは、人間の手で続けられている。

抱き合わせ販売　9・16

抱き合わせ販売が成り立つのは、我慢して買う人がいるからだ。過去の例でいうと、人気だった「機動戦士ガンダム」のプラモデルを売ってもらう条件として、他の売れないおもちゃも買うように言われたという話がある。

1980年代のガンダムブームの頃で、つけこまれてしまった子もいたか。きょうで終わる安倍政権を振り返ると、こちらも抱き合わせ販売を狙っていたに違いない。みなが求める景気対策と、自分がずっとやりたかった憲法改正のセットである。

結果として作戦は失敗したが、どうやら別の嫌なものを押しつけられたようだ。それは改憲のように形があるわけではなく「倫理の喪失」とでも言うべきものだ。森友問題一つとってでも深刻である。

思い出してみよう。安倍氏が「私や妻が関係していれば、首相も国会議員も辞める」と言った直後に、財務省による公文書改ざんが始まった。発覚すると「贈収賄では全くない」と述べ、刑法に触れなければ問題ないと言わんばかりになった。加計も桜も、人々が飽きるのを待つかのような対応だった。

景気対策に限れば、安倍政権は満点には遠いが及第点だったと筆者は考える。「衣食足りて礼節を知る」と言われる通り、経済の安定は重要だ。問題は、「衣食が足りるなら、礼節はないがしろにして構わない」という政権の姿勢である。

それでも支持は離れないだろうとおごり、世論とはそんなものだと高をくくる。安倍政権の姿勢を、菅政権は継承するのだろうか。

新首相と沖縄　9・17

「政治は言葉のアートだ」と言ったのは、コラムニストの故天野祐吉さんだったか。きのう首相に就任した菅義偉さんの言葉は芸術からは遠いが、アートには技巧の意味もある。官房長官時代、批判を受けるたびに決まり文句を操っていた。

「ご指摘はあたらない」「全く問題ない」との言葉はこれ以上話す気はないというサインで、様々な場面で便利に使っていた。「粛々と進める」は主に沖縄・辺野古への米軍基地移設の話で用いられた。

強い反対にもかかわらず始まった辺野古の埋め立て工事は、軟弱地盤も見つかり大幅に遅れている。それでも新首相は、官房長官時代の問答無用の姿勢で工事を続けるつもりらしい。総裁選で「見直す」の言葉は聞かれなかった。

世に飛び交う新首相のイメージには二面性がある。一つは雪深い秋田の出身で地方のことをだいじに思う政治家。もう一つは、異論を差し挟むのを許さない冷徹な政治家。どちらが実相に近いのか、沖縄への対応で分かる気がする。

菅語録には忘れてはいけない言葉がある。戦後、米軍に土地を強制収用されて、基地を押しつけられたのが普天間問題の原点。そう訴えた沖縄県知事へのコメントである。「賛同できない。戦後は日本全国、悲惨な中で皆が大変苦労して平和な国を築いた」

地上戦そして米軍統治。本土とは異なる沖縄の人たちの辛苦を思い、問題に向き合った政治家がかつての自民党にはいた。新首相の師である故梶山静六さんもその一人なのだが。

露の秋　9・18

春先に聞く「三寒四温」の言葉は、寒い日とあたたかい日が入れ替わるように訪れるさまをいう。いまは秋らしい涼しさを感じたかと思うと、また暑くなる日々で「三涼四暑」とでも言いたくなる。夏と秋がかわりばんこに遊びに来るような。

空に鰯《いわし》雲が広がっていたかと思うと、また入道雲に出合う。それでも下へ下へと目を落とすと、草の上には無数の露の玉が光っている。夜の気温が下がり、水蒸気が凝結しやすくなる季節である。しゃがんで見ると、小さな水晶玉が懸命に日の光を集めている。

露の美しさが古くからめでられていたことは多くの古歌が教えてくれる。〈白露《しらつゆ》に風の吹きしく秋の野はつらぬきとめぬ玉ぞ散りける〉文屋朝康《ふんやのあさやす》。百人一首にもとられた平安の和歌には、装飾品の玉が散らばったようだとある。

その美しさは、やがては日の光に消えてしまうはかなさをはらむ。〈秋萩《あきはぎ》の上に置きたる白露の消《け》かもしなまし恋ひつつあらずは〉弓削皇子《ゆげのみこ》。恋に苦しむより、消えてしまったほうがましではないか。そんな万葉の歌は、露におのれを重ねる。

はかない自分の身は「露の身」で、はかないこの世の中は「露の世」である。さすれば昨今の日本の秋のことも「露の秋」と呼びたくなる。夏としか思えない暑い日々が長びき、秋は、つかまえたらすぐに逃げてしまいそうだ。

さわやかという言葉は春にも使いたくなるが、秋の季語である。この季節ならではの外の空気を十分味わいたい。ときにはマスクを外して。

深夜の電車で　9・19

終電近くの電車に乗るときはたいてい酔っている。周りの人のことなんか見ていない。だから初めてしらふで乗った夜中の電車は実に驚きだったと、作家の角田《かくた》光代さんがエッセーに書いていた。こんなに酔っ払いだらけなのかと。

立ったままでがくりと膝《ひざ》を折り、はっと目を開ける人がいる。ドアとホームの隙間に足を入れてしまいそうになる人もいる。自分もいつもこうなのかと、作家は再認識した（『世界は終わりそうにない』）。しかしそんな風景も新型コロナが変えつつあるようだ。

ＪＲ東日本によると深夜の客は大きく減り、平日午前０時台の山手線は感染拡大前よりも６割以上の減という。在宅勤務が増え、飲み会も少なくなった。変化を踏まえ、来春から首都圏の終電を30分ほど繰り上げるそうだ。

もっとも主な理由は人手不足で、深夜に線路を保守点検する人の確保が難しくなっている。列車の走らない時間を長くすれば仕事の効率が上がるという。事情はＪＲ西日本も同じで、近畿の主要路線で終電を早める。２大都市圏は少しだけ早寝になるか。

現代の大都市は「眠らないまち」であることを誇ってきた。それが人手不足、さらにはコロナで見直しを迫られている。ファミレスやコンビニの営業時間もしかり。便利すぎる社会が誰かに無理を強いてきたのかと、振り返るきっかけにできれば。

外では飲まなくなったが、家飲みで際限がなくなったという方もいるか。心の終電時間を決めるのも、いいかもしれない。

ある中華店の廃業　9・20

早い、安い、うまい。そして大盛り。この4拍子そろうのが食欲旺盛な私には理想のメシである。東京・東銀座にある「蘭州」という小さな中華料理店はまさにそれ。職場に近いこともあり、通うだけでなく出前でも幾度となくお世話になった。

歌舞伎座や新橋演舞場の役者たちにも愛された店がきのう、40年の歴史を閉じた。コロナに抗しきれなかった。最終日に訪ねると、思い出の味を求める常連が列をなしていた。

店主の冨澤直志《なおし》さん(70)によると、売り上げが落ちたのは春の緊急事態宣言のころ。「何回も危機をかいくぐってきたが、コロナが来たんじゃもうダメ。残念です」

いま全国の、いや全世界の飲食店が未曽有の苦境にある。読者の皆さんも、親しんだ店の廃業に愕然《がくぜん》とされたことはないだろうか。SNSで見たある店長の言葉が忘れられない。「貴方《あなた》のお気に入りの店がまだ存在するなら、『今』行ってあげて下さい」。閉店を余儀なくされた経験をふまえた渾身《こんしん》の訴えだった。

感染を避けるため外食を控えたのは私たち自身である。だが、常連らによる支援だけではこの荒波はもはや防げまい。何か従来にはない公の堤防が要らないか。

「お客様の励ましと笑顔を力に今日まで頑張ってくる事ができました。又《また》いつか蘭州を思い出していただければ幸《さいわい》です」。店頭に貼られた閉店の辞には、コロナのコの字も、行政に対する恨み節もなかった。早くも恋しいとわが胃袋が泣いている。餃子《ギョーザ》、タンメン、肉ニラ玉丼。

RBG逝く　9・21

人形、Tシャツ、それにタトゥーまで。小柄なおばあちゃんが米国の若者たちから熱狂的な支持を受けた。お堅い仕事の頂点とも言うべき米最高裁判事なのに、その名の頭文字から、親しみを込めて「RBG」と呼ばれた。

先週、87歳で亡くなったルース・ベイダー・ギンズバーグ判事。ユダヤ系移民の家庭に生まれた。夫を看病し、2児を育てながら弁護士に。だが「法律家は男の仕事」という当時の常識に阻まれる。その悔しさが数々の訴訟に挑む原動力となった。

長く女性の権利向上に尽くしたが、功績はそれにとどまらない。妻に先立たれ、子育てする男性が、一人親手当の給付を求めた裁判でも勝訴する。「性差別は女性だけでなく万人を傷つける。

母と同じ権利を父にも」。差別が色濃く残る法律によって、女性も男性も不利益を受けると訴え続けた。

女性として2人目の最高裁判事となったのは1993年。女性の入学を禁じた軍人養成校の慣例を違憲としたほか、黒人や性的少数者の権利も擁護する。信念は揺るがず、反対意見の舌鋒《ぜっぽう》はあくまで鋭かった。

判事9人のうち何人が女性なら十分ですかとの問いには、いつも「9人」と答えた。「こう言うとみんな驚きます。これまで全員が男性だった時は、誰も疑問をはさまなかったのに」

時代とともに、古い法律のみならず、頭にこびりつく固定観念も変えていかなくてはならない。RBGが生涯かけて燃やした情熱の火を、私たちの世代が絶やさぬよう改めて誓う。
＊9月18日死去、87歳

無尽の精神いまこそ　9・22

ご近所で風呂を貸し合う風呂無尽《むじん》。本代をやりくりし合う書籍無尽。そして旅の費用を積み立てる旅行無尽。山梨県人でないと、当方のように意味がつかめず、頭がくらくらするのでは。

「無尽とは甲州各地でむかしから盛んな懇親会と庶民金融を兼ねた場です」と教えてくれたのは、山梨総合研究所専務理事の村田俊也《しゅんや》さん(60)。親しい仲間が毎月のように同じ店に集う。飲食するだけでなく、その場で出し合う掛け金を基金として積み立て、順に貸し与える。

最近では融資の性格は薄まったものの、気心の知れた仲間と本音で話す大切な機会である点は変わらない。「中高の部活の友人とか、親しい同業者とか。助け合って一生付き合う覚悟が前提にあります」

そんな無尽にもコロナは襲いかかる。ことの性質上、3密は避けられない。カラオケや映画と並び、地元では自粛の対象になり、飲食店は大打撃を受けた。自粛は6月に解かれ、店を支援する「無尽でお助け」キャンペーンが県の旗振りで始まった。

無尽は鎌倉時代から各地にあったとされ、頼母子《たのもし》講とも呼ばれる。改めて考えてみると、これはノーベル平和賞に輝いたバングラデシュのグラミン銀行の思想ではないか。担保を取らず少額を貸し、数人が連帯責任を負う。助け合って生き抜く庶民の知恵そのものである。

いまほど無尽という互助の精神が必要とされた時代があっただろうか。したたかで温かい。世界の隅々で「コロナ無尽」が動きだす日を思い浮かべる。

測りたいけど、測れない　9・23

コロナ禍でオンライン会議が増えて困っています。そうでなくても他人との距離をはかるのがへた。画面越しの発言を正確に理解したのか、されたのか。不安で夜も寝られません。先生なんとかしてください。

中島らもの「明るい悩み相談室」風にいえば、こんな感じか。自分で自分に相談するのも変なのだが、昨今はやりのオンラインなにがしが苦手なのは筆者だけではないだろう。ソーシャルディスタンスの確保といわれても、ネット上での意思疎通はなんとも難しい。

そんなとき耳にしたのが、現役の測量士らによるラップグループ「測量Ｂｏｙｚ《ボーイズ》」の曲だった。北海道測量設計業協会の制作で「測量でも測れぬ君の気持ち」と歌うラブソング。どうやら距離を測るプロたちも人の気持ちの測量には苦戦しているらしい。

なにかヒントをもらえればと、札幌でメンバーのひとり古村禎仁さん(33)にお会いした。高校時代の数学好きが転じてこの道に入ったそうだ。つねに正確さが求められる仕事だが「自分について測るのは苦手です」ときっぱり。

オンライン化の悩みを伝えるとちょっと戸惑いつつ「正確すぎても、適当でもダメ。ほどよい距離感を測れたらいいですよね」。うーむ。つまりは「誤差」をうまく受けいれる、ということか。

〈酔っていた君の言葉の酔い加減はかりかねつつ電話を待つも〉と俵万智さんは詠んだ。いつの世も測りたいけど測れない、誰かへの思い、誰かの思い。4連休明けの空を見上げて、深呼吸。

ウイルスに迫る　9・24

スペイン風邪が亡霊のようによみがえったのは、米アラスカの凍りついたお墓からだった。100年ほど前に世界で猛威をふるった感染症。1997年に掘り出された遺体の肺組織を、米軍病理医が調べ、ウイルスの詳細な遺伝子情報を得る。

「感染者の遺体発掘と聞くとSF映画のように感じるかもしれない。でも科学的には理にかなっています」と話すのは、河岡義裕・東大医科研教授。彼らの研究班も、その遺伝子情報をもとにスペイン風邪のウイルスを人工復元した。

季節性インフルエンザとは違って、ウイルスが肺の中でも活発に増殖していたことを突き止める。それでもすべての謎が氷解したわけではない。致死性や強毒性の研究はいまも続く。

河岡さんらは季節性インフルのウイルスも合成した。その論文に鋭い関心を寄せたのが米中央情報局（ＣＩＡ）だ。職員が米国内の勤務先までやって来た。敵対している国の名を挙げ、接近を受けなかったかと根掘り葉掘り。「生物テロを警戒したのでしょう。そんな不審な接触はありませんでしたが」

それにしてもウイルス研究史の短さは意外である。とかく「コロナを打ち負かす」と叫びがちな昨今だが、スペイン風邪の流行当時は、まだウイルスという存在そのものが科学的に把握できていなかったのだから。

一説に、世界で４千万人を死亡させたスペイン風邪。そしていま犠牲者が１００万人に迫ったコロナ。解明されていないことの多さにいまさらながら愕然《がくぜん》とする。

空気の日記　9・25

１日１編の詩がほんの半年前の感覚をよみがえらせる。４月12日〈禁制の集会に行くかのように　息をするのも恥じ入りながら　スーパーにこっそり出かけてく〉永方佑樹。緊急事態という言葉に誰もがとまどった。

5月6日〈手を洗っても洗っても拭えない汚れがあり　蛇口から流れつづける今日という一日〉渡辺玄英。6月6日〈陰　陽　白　黒　必要　不要　緊急　不急　一輪の花でさえ　そんなふうにはほんとうは分けられない〉峯澤典子。何をするにしてもとかく他人の視線が不安な時期だった。

詩人23人が輪番でつづるサイト「空気の日記」に引きこまれた。発案した松田朋春さん(56)は言う。「コロナで世の中の変化がすさまじい。僕ら詩人の感性で日々を克明に書きとどめる実験です」。来春まで言葉のバトンをつなぐ。

7月19日〈STAYとかHOMEとかGO　TOとか　わたしたち犬みたいだよね〉川口晴美。8月6日〈マスクをする　呼吸をする　暑くてくらくらメマイがする　なぜかセカイがくるくる回る〉再び渡辺玄英。こんな夏を誰が想像できただろう。

9月9日〈布でつくられたマスクを　手洗いする朝が　いつもの流れにまざって　この日常をたやすく認めたら　わたしが壊れる〉三角みづ紀。どれも異常な日常を刻む叙情詩であり、叙事詩である。

〈わざわざ書くまでもないような　ささいなことを　ううん　わざわざ書いておかないと　あと あと喉元《のどもと》過ぎて忘れてしまうだろうから〉白井明大。

お墨付きがほしくて　9・26

関ケ原の合戦の直前、伊達政宗は徳川方についた。敵の軍勢を退けたら、東北一円の広大な領地を与えるという証文を示される。だが実際に与えられたのはごくわずか。世に言う「百万石のお墨付き」である。

将軍や大名の時代は去ったが、いまでもお墨付きは幅をきかせる。たとえば、4月に開かれたコロナ対策の基本方針を決める政府の諮問委員会。全国の学校を一斉休校したい政府側が、専門家からお墨付きを得ようと焦る姿が、議事録に記されていた。

「一斉休業が望ましいという専門家会議の見解を踏まえ」という文言を方針案に加えたい。そう提案したのは政府側だ。しかし一斉休校について専門家会議で意見をまとめたことはない。出席した教授たちから疑問や異論が続いた。

文言の微修正を示されても、押し返す。「休ませないほうがいいのか」と担当の西村康稔大臣に迫られたが、譲らない。「感染拡大していても子どもが教育を受ける権利を保障すべきだ」「一斉に（休校を）やるのは無理がある」。最後まで妥協せず、提案を退けた。

森友・加計の例を挙げるまでもなく、このごろの政府は会議も文書も中身を伏せたがる。だが、こうやって討議の内容が明らかになれば、私たちはその過程を吟味でき、是非の判断もできる。結論だけ示されて、さあ従えと命じられるのとはずいぶん違う。

専門家のお墨付きは、都合のよい証文などではない。丁々発止の一問一答が、政治と科学のあるべき距離感を教えてくれた。

五輪と節約　9・27

落語に出てくるドケチは、ときにすがすがしいほどである。旦那さんが小僧さんを呼び、近所の家に金づちを借りに行かせる。しかしその家の主人は「打つのは鉄《かね》の釘か、竹の釘か」と尋ね、鉄なら貸せないという。金づちが減るからだ。

話を聞いた旦那さんは、ご立腹である。「しみったれた野郎だ。じゃあ、うちのを出して使おう」。そんな並外れたケチまでいかずとも節約精神が欲しい。肥大化が批判されてきた五輪で小さな動きがあった。

東京五輪が延期されたことでかさむ費用を少しでも圧縮しようと、節約策が示された。五輪関係者向けの飲食の簡素化、会場内外の装飾の削減など、コロナでなくてもやって当然のものが目立つ。節約幅は数百億円にとどまり、延期前に見積もられた開催経費1兆3千億円余を思えば焼け石に水である。

一方で日本側が求めた開会式、閉会式の短縮は見送られた。多額の放映権料を払う米テレビ局との契約をちらつかせられた結果だと、昨日の紙面にある。米国時間にあわせ競技の時間まで動かす米テレビの影響力は、コロナ下でも健在なようだ。

気になるのは、放映権料やらスポンサー収入やらが重しになり、どんな無理をしてでも開催を強行することにならないかである。日本は今まで医療崩壊をぎりぎりのところで食い止めてきた。五輪のおかげで崩壊するのだけは願い下げだ。

五輪を巡る巨額マネーがあり、それを扱う人たちがいる。落語の登場人物のようなかわいげはなさそうだ。

秋場所の混戦　9・28

相撲は秋の季語だと最近知った。各地の神社などで行われる宮相撲、草相撲は、秋祭りに催されることが多いのだという。〈少年の尻輝けり草相撲〉金澤諒和。地域の若者たちのたくましくも、まぶしい姿が浮かんでくる。

きのう幕を閉じた大相撲の秋場所は、誰が優勝するか分からない、何が起きるか分からないという意味では、どこか草相撲の趣があった。横綱欠場の混戦を引っかき回したのは、新入幕の翔《とび》猿《ざる》だった。

猿のように飛び回るというその名にたがわぬ動きで上位陣を翻弄《ほんろう》し、もしや106年ぶりの新入幕優勝かとも思わせた。印象的だったのはその笑顔である。「楽しい」「わくわくする」といったコメントも連発し、聞いている方が楽しくなった。

その翔猿を千秋楽で下し、初優勝を決めたのが関脇・正代《しょうだい》である。東京農大時代に学生横綱となったが、進路に迷い、プロ入りは少し遅れた。優勝後に語った「今までの相撲人生で一番、緊張したかも」との言葉は、欲や勝ち気を前に出さないこの人らしい素直さがある。

コロナ禍の中、力士たちにとって一番の敵は稽古不足だったかもしれない。感染防止のため、ぶつかりあう稽古はしばらく控えられ、他の部屋に出向く出稽古は今も許されない。稽古を工夫し激戦をしのいだ力量は、白鵬ら横綱が帰って来た後の場所で試される。

〈負くまじき角力《すもう》を寝物がたりかな〉与謝蕪村。あの取組で、もしあの力士が勝っていたら。誰かともう少し、語りたくなるときである。

言葉は世につれ　9・29

「全然大丈夫」という言葉を初めて耳にしたのは20年ほど前だったか。その衝撃を今も覚えている。え、全然は「全然知らない」など否定形につく言葉じゃないの。日本語の乱れここに極まれり。でも肯定で使ってみると面白みも感じた。

すっかり定着した全然大丈夫だが、必ずしも誤用とは言えないらしい。言語学者加藤重広さんの『日本人も悩む日本語』によると「全然＋肯定」の用法は江戸時代から見られ、明治になっても珍しくなかった。

漱石の『坊っちゃん』にも「全然悪《わ》るいです」の台詞《せりふ》が出てくる。いつの間にか「全然＋否定」が主流になったようで、何が乱れなのか分からなくなる。そう考えると、この意識調査も興味深い。国語の乱れを感じる人がだんだん減っているという。

文化庁によると「今の国語は乱れている」と思う人は20年前は85％だったが、直近は66％である。言葉は変化し続けており、むしろ人々の受け入れ幅が広くなっているのだろう。

言葉は世につれ、である。「ブラック企業」は暴力団関連企業を指す隠語だったが、「若者を酷使する企業」として使われるようになり、問題企業を告発する運動につながった。一方で人種差別の観点から、ブラックを否定的に使うべきでないとの議論も出ている。

「全然＋肯定」に戻ると、今の使い方は配慮の意味もあるらしい。「私の料理、おいしくないでしょ」に対して「全然おいしい」と言えば、優しさがにじむ。言葉は、人と人とのつながりも映し出す。

秋の清新　９・30

秋という言葉の由来には、様々な説がある。草木の葉が「紅《あか》く」なるからで、アカがアキに転じた。穀物をたくさん収穫し「飽き足る」から。刈り取られた田が「空き」になるから。きのう、収穫を待つかのように色づく稲穂を見た。

実るほどこうべを垂れる……なのだが、細く鋭い葉のほうは、ぴんと屹立《きつりつ》している。高い空に手を伸ばし、できるだけたくさんの日光を受け止めようとしているかに見える。今週は列島の各地で、秋晴れの日が続きそうだ。

秋になると年が終わりに近づいたと感じる。しかしこの俳句に出会い、少し見方が変わった。

〈秋はさながら新刊の青表紙〉宮田藤仔。青い空から、あるいは少し冷たくなった空気から、成熟ではなく清新さを感じ取ることもできる。

もしも学年の始まりが秋だったら、と想像してみる。新入生たちに吹くのは、春の柔らかな風ではなく、秋のさわやかな風。校舎で出迎えるのは、サクラではなくコスモス。始まりの季節という装いも、案外似合う気がする。

賛否が分かれる秋入学だが、ここで議論が尻すぼみになるのは惜しいように思う。留学して学びを始めやすい、留学生を迎えやすいという長所は、コロナが落ち着けばまた光があたるのではないか。

いまの季節の明るさと美しさを切り取った八木重吉の詩がある。〈この明るさのなかへ／ひとつの素朴な琴をおけば／秋の美《うつ》くしさに耐えかね／琴はしずかに鳴りいだすだろう〉。ときに活力を与えてくれそうな光と色がある。

2020

10月

討論会というより……　10・1

論理力に重きを置くフィンランドの教育で、求められるのはごく真っ当なことだ。元外交官の北川達夫さんが書いた『図解フィンランド・メソッド入門』によると、小学校では「なぜ」が連発され、意見には理由をつけることが徹底されている。

子どもたちが決めた「議論のルール」も紹介されており「他人の発言をさえぎらない」「議論が台無しになるようなことを言わない」などが並ぶ。そんな当たり前のことがないがしろにされたのが、昨日の米大統領選テレビ討論会だった。

共和党のトランプ大統領は、民主党のバイデン候補の発言中もおかまいなしにしゃべり始め「社会主義だ」「過激左翼だ」と攻撃した。司会者の質問も最後まで聞かない。バイデン氏も「黙れ」「史上最悪の大統領だ」とだんだん口が悪くなる。

討論というより殴り合いである。口直しに往年の大統領選の動画を探した。「あなたの意見のここには同意するが、ここは同意できない」など理性的なやりとりにほっとする。

心配なのは、「トランプ氏はこんなもの」という気持ちが「政治家なんてこんなもの」に変わっていくことだ。みなが討論の正常化を望むのではなく、討論そのものを軽蔑するようになることだ。米国民主主義の行方を世界が見ている。

選挙の結果を受け入れるとバイデン氏は明言したが、トランプ氏はしなかった。大統領が負けを認めず、長い法廷闘争になる恐れも指摘される。選挙結果そっちのけの場外乱闘にならなければいいが。

相場情報の停止　10・2

江戸時代、大坂堂島の米市場は全国の米価に影響を与えた。相場情報を各地に伝えるための最も速いやり方が、旗振り通信だった。見通しのいい山から山へ旗を振って数字を伝え、情報のリレーをする。明治に入ってからも続いた。

高槻泰郎著『大坂堂島米市場』によると、明治期に旗振りで情報を伝える時間は京都へ4分、岡山へ15分、広島へ40分弱だったというから、なかなかの高速だ。そんな手作業の通信は、やがて電話に取って代わられる。

電話の時代も過ぎ、全てがコンピューターシステムの中にある現代の株式市場である。きのうの東京証券取引所ではシステムに障害が起き、相場情報の配信ができなくなった。全ての売買が終日停止されるという初めての事態に陥った。

旗の振り手の体調が悪ければ代わりが立つ。そんな対応ができないのが現代の巨大システムである。1千分の1秒という高速で取引がなされる最先端の仕組みも形無しだ。証券会社は電話で、客に状況を伝えていたという。

取引所の歴史には何度かの機能停止がある。関東大震災では建物が全焼し、東京大空襲の後も取引ができなくなった。21世紀に入ってからはシステム障害による停止が目立つ。いまだ脆弱《ぜいじゃく》なのか、あるいはシステムとはそういうものなのか。

東証の会見を聞いても原因は判然としない。日々の仕事からお金の出し入れまで、動かすのは何らかのシステムである。巨大なブラックボックスに乗っかって暮らしているのだと改めて思う。

コロナと大学　10・3

世に「Ｇｏ　Ｔｏ」なんとかが幅をきかせている。トラベルは東京も対象になり、範囲はイート、イベント、商店街へと広がる。なのに「Ｇｏ　Ｔｏ　大学」にだけ及び腰なのはバランスを欠くのではないか。小中高校では通学しているのに。

と思っていたら大学生の団体「一律学費半額を求めるアクション」のことが報じられていた。もともとはコロナ下で学費減免を求める運動である。今は対面授業ができるよう公的支援を求める署名を始めたという。早く大学生活を取り戻したいと。

キャンパスで教師や学友から知的刺激を受ける。そんな大学の良さが減じた半年だった。後期に全て対面に戻す大学は2割にとどまる。8割はオンラインとの併用というが、都市部や大規模大学では対面はわずかだそうだ。

この社会は無意識のうちに、大学での学びを軽んじていないだろうか。劇作家の故山崎正和さんの回顧録『舞台をまわす、舞台がまわる』に、学園紛争の対策を練るよう首相官邸から依頼された話が出てくる。何人かの学者と議論して「東大の入試を中止する」と提案、採用された。

企業側の大学への期待は教育ではなく、入試で優秀な人材を集めることだけ。中止でショックを与え、学園紛争を社会全体の問題にしようと考えたという。大学へのまなざしは、その時代からどこまで変わったのだろう。

1兆円以上の予算をGo　Toに使うのに、どうして私たちは大学に行けないの――。署名運動をする大学生の言葉が重い。

トランプ氏の感染　10・4

パリで開かれた第1次世界大戦の講和会議の途中、ウィルソン米大統領は側近や妻と相前後してスペイン風邪にかかった。熱が引き、交渉の席に戻ると、気力がなえて発症前とは別人のよう。1919年のことである。

それまでは、敗戦国ドイツへの報復に走る仏首相と対立し、国際協調を熱く説いた。どこまでが病気のせいか判然としないものの、罹患《りかん》後はあっさり仏に同調した。政治家の急病はときに歴史の流れを左右する。

それから1世紀、トランプ大統領が側近や妻とともに新型ウイルスに感染した。「消毒液を体内に注入できないか」「暖かくなればウイルスは奇跡のように消える」。これまで根拠を欠いた楽観論を振りまき続けた当人である。

症状は軽いと言うが、病院へヘリで運ばれた。災害や暴露記事など大統領選の最終盤には驚きの出来事が起き、「オクトーバー・サプライズ」と呼ばれてきた。来月に迫った投開票への影響はもはや避けられまい。

2020・10月

前世紀に話を戻せば、スペイン風邪は日本の政界をも直撃した。時の首相、原敬は高熱を出して床につく。「近来各地に伝播《でんぱ》せし流行感冒（俗に西班牙風《スペインかぜ》と云《い》ふ）なり」と日記に書いた。すぐ職務に復帰するも、体調はすぐれなかった。「全快せず」「全く恢復《かいふく》せざる」。そんな嘆きが翌春まで記されている。

トランプ氏の一日も早い回復を祈る。ただ入院中くらいは、ややこしいSNS発信を極力控えていただきたい。今回ばかりはどうか治療第一で、ご自愛専一に。

火星の人　10・5

人事課長や経理課長ならどの職場でもおなじみだが、「火星課長」という役職があるとは知らなかった。今秋、創立100周年を迎えた天文同好会「東亜天文学会」である。研究者と愛好家が集う場だ。

伝説の火星課長が昨年80歳で亡くなった。福井県出身のアマチュア天文家、南政次《まさつぐ》さん。観察歴65年、課長在職20年。「火星は地球の弟星」と説き、国内外の愛好家のまとめ役を果たし、数万枚の緻密《ちみつ》な観測スケッチを残した。

現物を見ると、鉛筆描きの絵が実に鮮やかである。「火星の四季をくまなく観察するには、地球との公転周期のずれを考えると最低79年かかる」というのが持論。「一生かけても網羅はできない」と話した。

「本業は大学の数理学者。でも火星研究の時間を奪われたくないとあえて昇進を避け、観測を優先する人でした」。ふりかえるのは観測のバトンを受け継いだ前福井市自然史博物館長の吉澤康《やす》暢《のぶ》さん(75)。おととし夏の「大接近」の際は、徹夜で観察をともにしたそうだ。

あす6日は火星が地球に2年ぶりに近づく「準大接近」の日。この時期、望遠鏡をのぞけば火星の表面が驚くほどくっきり見える。火星には地図もあり、「真珠の海」「オリンポス山」「南極冠」といった呼称が定着しているそうだ。

ちょうどいま、アラブ首長国連邦（UAE）など3カ国が打ち上げた探査機3機が一斉に火星をめざして飛んでいる。人類を魅了してきた赤い「弟星」、せめて明晩くらいじっくり拝んでみようか。

豚まんはにくまん　10・6

昨秋、川という川を氾濫《はんらん》させた台風19号。福島県いわき市の中華料理店「華正楼《かせいろう》」には、すぐそばの夏井川から水が流れ込んだ。料理長吉野康平さん(40)は泥だらけの厨房《ちゅうぼう》で、業務用冷蔵庫が壁に刺さっているのを見て途方に暮れた。

再起をはかる気になれたのは、友人たちが駆けつけ、片付けを手伝ってくれてから。被災の3日後に長男がぶじに生まれ、腹が決まった。多額の借金を背負ったが、2カ月半の休業をへて年明けに再開した。

ところがコロナでまた休業に。この機に台風の時に受けた恩を返そうと、地元のいくつかの病院への差し入れを思い立つ。特製の豚まんを生地から一つひとつ手でこねた。その数500個。肩ロースとタマネギをたっぷり使った。

「コロナはにくんでも、豚まんはにくまん」。そんな手書きのメッセージを箱に添えた。もとの案は「コロナは憎んでも、豚まんは憎まんで下さい」だったが、家族に不評で改めた。店を再開した5月、この短文がSNSで広まる。「僕の素人コピーがこんなに受けるなんてビックリです」

徐々に遠方からも注文が届くように。地元いわき市の名を広めたくてもう1枚同封した。「いわきより愛をこねて」。007映画「ロシアより愛をこめて」さながらの出来である。

台風に感染症まで加わって気の休まらぬ時代だが、恐れたり憎んだりばかりでは始まらない。心がささくれ立たぬよう、もう一度声に出して読んでみる。「コロナはにくんでも、豚まんはにくまん」

「異見」の排除　10・7

初代福岡藩主、黒田長政は城内で「異見会」なる場を毎月のように開いた。本音を家老らから聞き出すためだ。「いくら耳の痛いことを言われても腹を立てない」と殿様みずから誓い、「腹立たずの会」と呼んだ。

長政が得意げに習いたての謡《うたい》を披露した時のこと。一同がほめる中、ある家臣が直言する。「殿がへつらいや追従を見抜けぬなら当家の長久は望めません」。長政は感謝の涙を流す。「誤りを指摘してくれた。これで政道に越度《おちど》少なく、国家も安泰だ」と『名将言行録』にある。

耳の痛いことを聞く気はないという宣言なのか。菅義偉首相が、日本学術会議の推薦した新会員候補6人の任命を拒んだ。安保法制など前政権の重点施策に疑義を呈した学者たちを遠ざけたようにしか映らない。

史学、哲学、化学、農学……。きのう政府が公開した文書を見た。各領域で実績をあげた新会員99人の名が並ぶ。任命を拒否された6人を探すと、黒く塗りつぶされて判読できない。まるで各人の功績まで否定されたようで寒々しい。

「日本学術会議はもちろん国の機関ではありますが、時々の政治的便宜のための掣肘《せいちゅう》を受けることのないよう、高度の自主性が与えられておるのであります」。1949年、学術会議の発足式典に、ときの首相吉田茂が寄せた祝辞である。いま読み直しても少しも古びていない。

理のある意見なら、胸を開き、腹を立てずに聞いてこそ政道であろう。真摯《しんし》な「異見」を排除することに熱心な政権である。

秋の台風　10・8

「ほとんどが水没」「ここにいてはダメです」。東京都江戸川区が昨年作ったハザードマップにはそんな警告が並ぶ。低地が多く、もし荒川が氾濫《はんらん》すれば2週間水浸しになると、区は住民に区外への「広域避難」を促してきた。

「実際には広域避難ってむずかしい。去年の台風19号で痛感しました」。そう話すのは、重度障害者の在宅生活を支えるNPO「STEPえどがわ」の市川裕美《ひろみ》さん(52)。上陸3日前から進路図をにらみ、利用者約50人と介助者の安全確保に苦労したとふりかえる。

利用者ほぼ全員が車いす暮らし。人工呼吸器が外せない人もいる。介助者と一緒に避難できる先を探したが見つからない。障害者を受け入れられる避難所もあったが、移動の足が確保できなかった。

マンション高層階や避難所へ逃れた数人をのぞくと、残りはみな自宅で台風通過を待つ結果に。そんな反省から昨年12月初め、市川さんたちは山梨県へ集団で避難する訓練をした。「やってみると2週間分の荷物運びも、車いす用の電車予約も大変。課題は尽きません」

近年、「インクルーシブ防災」という言葉を聞く。だれ一人取り残さない防災だが、言うは易《やす》しで、いざとなるとだれもが自分と家族のことで手いっぱい。「避難所で足手まといになりたくない」と尻込みする高齢者や障害者も。どこの地域でも難題だろう。

天気図を見れば、いままさに14号が刻々と接近中である。それぞれの街で防災力を高め、秋の台風シーズンに備えたい。

人類で最も不要な職　10・9

「上院で最も意地悪で不愉快で無礼な人」。口の悪いトランプ米大統領がさらに口を極めて酷評したのは、民主党の副大統領候補カマラ・ハリス上院議員(55)である。どんな経歴をもつ人なのだろう。

父はジャマイカ出身の経済学者で、母はインド生まれの乳がん研究医。両親の離婚後は母に育てられた。小学生のころ、人種差別撤廃のために導入されたバスで、黒人の多い地区から、白人の多い地区の学校に通った。

「芝生立ち入り禁止」という集合住宅のルールに立ち向かったのは13歳のころ。近所の少年少女に呼びかけて抗議運動を繰り広げ、遊んでもよいと大人たちを譲歩させた。政治の才は天性のものらしい。

米大統領選で副大統領候補の存在がこれほど脚光を浴びたのはいつ以来だろう。やはりトランプ大統領が新型コロナウイルスに感染したせいもあるらしい。きのうのペンス副大統領との討論会で、ハリスさんの舌鋒《ぜっぽう》は評判通り鋭かった。かなりの野心家だとはお見受けしたが、意地悪、不愉快、無礼な印象はみじんもなかった。

副大統領は長らく閑職の代名詞とされてきた。初代副大統領ジョン・アダムズ自身が「人類の作った最も不要な職」と嘆いたほど。だが大統領の暗殺や辞任を受けて昇格した副大統領の中には、立派な業績を残した人もいる。

あなたは黒人か、それともアジア人か。問われればハリスさんは毅然《きぜん》と答える。「私は誇りある米国人です」。いよいよ米史上初の女性副大統領が誕生するだろうか。

詩人グリュックの世界 10・10

「朝7時前にノーベル賞の事務局から電話。仰天しました。だっていま米国は好かれてない国だし、私、白人だから」。ノーベル文学賞に輝いた米詩人ルイーズ・グリュックさん(77)の受賞の弁を米紙で読んだ。語り口は軽快である。

「取材は嫌いだけど社交的なほう。世捨て人じゃありません」。ボストン郊外、自宅前に集まった記者団の取材に応じた。「コロナが起きるまで、週に6回は友だちと夕食を楽しんでました」

私ごとを書けば、記者として米国に駐在したが、恥ずかしながらグリュックさんの詩集を開いたことはなかった。受賞の報に接し、あわてて探したが、邦訳は刊行されていないようだ。米文芸団体のサイトで代表作を読んだ。

〈空気の匂いをかいでみて。聞こえたのは母の声、それとも風が木々を通り過ぎた音〉。「過去」と題する詩の一節だ。少女時代、母との確執に悩んだという。「ギリシャ神話を読みふけることで救われた。それから半世紀、たとえば女神ペルセポネはいまも詩で取り上げます」

「野生のアヤメ」は〈苦しみの果てに扉があった〉と始まる。「10月」は〈私たちは種をまかなかったか。私たちは地球に必要なのではなかったか〉と問いかける。何かを声高に訴えることはしない。身近な物を題材に別離や孤独を描き、深い詩境へ導く。

『アキレスの勝利』『誠実で清らかな夜』。多くの詩集がある。今回は詩心乏しい拙訳でお目を汚したが、専門の方による訳詩集の刊行が待ち遠しい。

新米を炊く　10・11

釜でなくてもメシは炊ける。後に映画監督となる岡本喜八は太平洋戦争勃発の年、ヤカンを手に上京した。これ一つでみそ汁も作り、コメも炊いた。やがてフィルムの空き缶が取って代わる。

コメ1合にちょうどよかったという。

炊きたてのメシにバターをのせ、醤油《しょうゆ》をかけて食うのが最高のごちそうだったと岡本は書く。なくてはならないのが香ばしいおこげ。電気で炊くのは便利だが、メシがメシらしくなくなったと嘆く（「男ひとりのヤカンメシ」）。

我が家も炊飯器だけでなく、ときどき土鍋を使う。土鍋だと炊けるや否や待ってましたと食べ始めるので、そこにもうまさの秘密があるように思う。道具は何であれ、炊きたてが食べたい。新米の季節である。

コメの出来具合は全国的には「平年並み」で、北海道や東北などは「やや良」の豊作という。そんな新米にも新型コロナは災難をもたらす。外食の需要が落ち込み、いつになくコメ余りとなりそうだ。

家庭の消費量は増えたものの、海外からの観光客が消えたことが響いている。今まで知らず知らずコメを輸出していたようなもので、外国人の舌も楽しませてきた。目減りを補うまではいかずとも新米をなるだけ味わいたい。〈新米を炊くよろこびの水加減〉岡田眞三。

今年社会に飛び出した新米たちも、いきなりテレワークになるなど受難を経た。仕事をどこまで覚えられたか、本人も周りも心許《こころもと》ない。立派に炊きあがるための水加減に、いつもより気を使う年である。

2020・10月

総合的・俯瞰的　10・13

総合的・俯瞰《ふかん》的。菅義偉首相が繰り返すその言葉は、どんな意味を持つのだろう。辞書を引くと、総合は個々別々のものをまとめることで、俯瞰は全体を上から見ること。なるほど木ではなく森を見よ、ということか。

日本学術会議の会員候補から6人を除外したのは「総合的・俯瞰的な活動を確保する観点から」だと首相は説明する。6人はものごとの全体を見る力のない人たちだと言うに等しい。彼らの学問をどう吟味したら、そういう判断になるのか。

おそらくこの政権の言う総合や俯瞰は、辞書にある意味とはかなり違うのだろう。除外された人たちのこれまでの言動を見て、そう思う。例えば行政法が専門の岡田正則・早大教授は沖縄の基地問題で異論を述べてきた。

辺野古埋め立てを強行するため、政府がその当否を「身内」の国交相に審査させようとした時には、「制度の濫用《らんよう》だ」と反対した。自分の学問に基づいてはっきりものを言う。こうした行為が政権には「反総合的・反俯瞰的」と映るのか。

政府にうるさいことを言わないのが総合的であり俯瞰的であるとすれば、独立して政策提言をするという学術会議の役割をはき違えている。俯はうつむく、瞰は見おろすの意味だが、「うつむいて黙れ」と言うかのようだ。

世の中には人をけむに巻く言葉があり、「諸般の事情を勘案して……」などが典型だ。「総合的……」もその類いだと首相は考えたのだろうが、けむに巻くどころか、政権の本質をあらわにしている。

筒美京平さんを悼む　10・14

カラオケで歌うと泣きそうになる曲はいくつかあるが、「木綿のハンカチーフ」はその筆頭だ。都会に出た自分の若いときにだぶるのか。残した恋人などいなかったのに。〈い、い、え　あなた〉のリズムにぐっとくる。

「曲・筒美京平」の文字を音楽番組で何度見てきたことだろう。「ブルー・ライト・ヨコハマ」「魅せられて」「スニーカーぶる〜す」。あの曲もこの曲も。並べるとそれだけで歌謡史の一時代となる。作曲家の筒美京平さんが80歳の生涯を閉じた。

大学時代はジャズに熱中し、就職したレコード会社では洋楽を担当した。作曲家として立つときに作ったペンネームの原型は「鼓響平」。ヒットを重ね、曲を響かせた。

世に「古賀メロディー」などの言い方があるが「筒美メロディー」とはあまり聞かない。叙情あふれる曲からアイドルまで、作品の幅があまりに広いからか。大量の洋楽を聴いてヒントを得た上で、実験するように曲を作っていったという。

新しいアイデアを盛り込み「ありったけのサービスをする」のが自分の曲作りだとインタビューで語っていた。そして「時代の色を感じるということが一番大切」だとも（榊ひろと著『筒美京平ヒットストーリー』）。センスと努力が同居する音楽職人だった。

ツイッターに「木綿のハンカチーフ」を歌った太田裕美さんの言葉があった。訃報《ふほう》に触れ「哀《かな》しくて哀しくて　涙が止まらない」と。救いになるのは、多くの曲が歌い継がれていくという確信だろう。

＊10月7日死去、80歳

「食料がワクチン」　10・15

地球上にいまだ存在する飢餓に立ち向かう。国連世界食糧計画（WFP）は、数多くの飛行機、船、トラックを動かす世界最大の人道支援機関である。とはいえ現場での活動は徒手空拳そのものだ。長く勤めた忍足謙朗《おしだりけんろう》さんの著書で学んだ。

ボスニア紛争では現地視察をするのに防弾加工車が用意できなかった。二つの勢力が通りをはさんで撃ち合う中を全速力で通過した。コソボ紛争では難民キャンプが飽和状態で、小麦を配布しようにもパンを焼く場所すらないという問題に直面した。

政情不安のカンボジアでは支援のために反政府側の村に入ること自体が命がけだった（『国連で学んだ修羅場のリーダーシップ』）。危険だからこそ食べ物を届ける。そんな仕事を続ける組織に、今年のノーベル平和賞が贈られる。

コロナの流行で物資輸送に困難が伴うなか、食料配布を続け、せっけんなども提供しているという。「ワクチンができるまで、食料が混沌《こんとん》を防ぐ最良のワクチンだ」という信念のもとに。

国連機関が平和賞に選ばれることには少し割り切れなさも感じる。平和や人道に尽くして当たり前の機関だからだ。しかしそんな当たり前の土台が崩されつつあるのが今の国際社会なのだろう。米国などが国連を軽視する姿勢に、平和賞が警鐘を鳴らしている。

「自分の国だけの平和はありえない。世界はつながっているのだから」。国連難民高等弁務官だった故緒方貞子さんの言葉だ。自国優先がはびこる時代に重くのしかかる。

弔意の通知　10・16

はっとさせられる短歌である。〈可愛いかどうかは会ってから決める　知らない人の知らない子ども〉山川藍。小さな子というのは可愛いに決まっている。誰の子、どんな子であっても。そんな有無を言わせないような雰囲気に抗《あらが》う歌人の姿がある。

可愛いにしても、おめでたいにしても、誰かから強制されるものではない。弔意だってそのはずなのに。中曽根康弘元首相の内閣・自民党合同葬儀が17日に行われる。黙禱《もくとう》などで弔意を示すことを求める通知が、総務省から都道府県や市町村に送られたという。

同様の通知は文部科学省から国立大学や都道府県教委にも届いている。どちらの省も、ご丁寧に弔旗の掲げ方や黙禱時刻を記した文書まで添えている。内心の自由を侵害することにつながるとの批判が起きたのは当然だ。

「強制を伴うものではない」と加藤勝信官房長官が記者会見で述べていた。なるほど無言の圧力とはこういうものか。

立派な宰相だったと進んで弔意を示す人がいるだろう。尊敬できない政治家だったと何もしない人もいるだろう。尊敬できようができまいが弔意を示すのが礼節だと考える人もいるはずだ。それぞれの判断に通知も協力要請もいらない。

似たような通知は、2006年の橋本龍太郎元首相の合同葬でもあった。この時は高知県知事だった弟の橋本大二郎氏が、強制と受け止められかねないとして国に異議を唱えた。弔意を求めるなどということは、「亡き兄の本意ではない」と述べながら。

朝ドラの凄惨　10・17

朝ご飯を食べながら読んでいる方もいるだろうと思いながらいつもコラムを書いている。残酷な描写はできるだけ避けているが、あえて書く場合もある。戦争の悲惨さを伝えたいときだ。

NHK連続テレビ小説「エール」の作り手も同じことを考えたのではないか。今週放映された太平洋戦争の戦闘場面はあまりに凄惨《せいさん》だった。主人公の作曲家、古山《こやま》裕一が慰問先のビルマで銃撃に巻き込まれ、兵士たちの死を目の当たりにする。

古山のモデルは作曲家の古関裕而《こせきゆうじ》で「六甲おろし」「長崎の鐘」などで知られる一方、戦中は多くの軍歌を作った。ドラマで戦場の主人公は、戦争の現実を「何も知らなかった」と半狂乱になる。自分の曲が若者を戦争に駆り立て、命を奪ったと悩む。

実際の古関は実戦には巻き込まれなかったが、慰問などで3度従軍し襲撃を受ける寸前までいった。自分の曲を口にしながら戦った人のことを思い「胸が痛む」と語ったこともある。ただドラマのように激しく自分を責めたのかは、自伝では判然としない。

芸術家や文学者、マスコミの戦争協力は何度も反芻《はんすう》せねばならないテーマだ。自責の念にさいなまれた人も、そうでなかった人もいる。ドラマは、もしかしたら古関の内面にあったもの、あるいはこうあってほしかった古関の姿を描こうとしているのではないか。

フィクションはときに歴史の本質に迫る力を持つ。戦後の古関は人々に希望を与える曲を作り続けた。来週以降どう描かれるかが楽しみだ。

クマ出没の秋　10・18

秋も深まるころ、枝を幾重にも編み合わせた円座が木の幹に残されていることがある。野生のクマのしわざだ。木に登ってドングリを枝ごと折り取って食べ、用済みの枝を尻に敷いた跡である。クマ棚とも呼ばれる。

「今年はクマ棚が増えそう。ツキノワグマが生息する大半の県でドングリが凶作。地面に落ちた実だけでは足りないからです」と石川県立大の大井徹《とおる》教授(62)。クマにとっても食欲の秋、少しでも栄養を蓄えたい時期である。

石川県内ではいま市街地での目撃が続く。一昨日と昨日は、高齢者ら7人が相次いで襲われ、負傷した。県は出没注意報を今月、警戒情報に切り替えたばかり。この警報が出されるのは10年ぶりという。小学生はクマ除《よ》けの鈴をぶら下げて登下校し、警官らが遠巻きに見守る。

大井さんによると、クマはもともと臆病な動物。里へ迷い出るのは、枝に残ったカキや捨てられた食品に誘われただけ。多くのクマにとって人間との遭遇など生涯に一度あるかないか。「人を襲ったり、店に逃げ込んだりするのはパニックに陥ったからです」

本紙の地域版によると、秋田や新潟では今月、住民がクマに襲われて亡くなっている。住宅街や自宅そばの畑に猛獣がぬっと現れるなどだれに予測できよう。その恐怖、ご遺族の無念を思うと、胸が苦しくなる。

人にとってもクマにとっても接近そのものがこの上ない不運であろう。冬眠の季節はもうすぐそこ。どうかもう、出合い頭の悲劇が起きませんように。

復興米の里帰り　10・19

先週、取材で訪ねた岩手県は稲刈りの盛期だった。大槌《おおつち》町の菊池妙《たえ》さん(79)宅には一足先に新米が届いた。実はこのお米、育てられたのは750キロ離れた大阪。ルーツは菊池さんが大震災の年の秋に見つけた3株のイネだ。

津波で自宅を失った菊池さんは、玄関だった場所でやせた稲穂を見つけた。翌春、地元有志らが433粒の種もみから苗を育てた。「大槌復興米」と呼ばれるようになった。

自治体ぐるみで支援してきた大阪府富田林市のボランティアたちが震災の3年後、1キロだけ譲り受けた。JAとともに市内の水田で栽培し、翌年からは市内すべての小学5年生が一人1個のバケツで育て始める。そのころ大阪に在勤していた筆者は、子どもたちの奮闘に胸が温かくなった。

コロナ禍の今年、バケツ米は中止に。それでも菊池さんのもとには田を手伝った小学生から「観察日記」が届く。〈6月7日ひとつひとつ心をこめて植えました〉〈7月5日コロナで外に出れないので嫌だったけど、苗はすくすくのびていました〉〈8月30日かかしががんばって守って

くれたので、米もがんばってくれています〉

菊池さんは「本当に幸せなお米さん」と言う。どこからか流れ着いた種もみが根を張り、人と人との縁で育まれた。「人の優しさを教わった気がする。この年になって、ね」

大阪の田んぼで取材のたびに耳にしたのは、「震災のこと、絶対に忘れへんから」という決意だ。風化にあらがう奇跡の米はしっかりと根付いた。

小説の神様の反省　10・20

作家の志賀直哉はスペイン風邪が猛威をふるった1918年の秋、家族や使用人にたびたび言いつけた。「むやみに外出するな」「人混みを避けよ」。こっそり芝居見物に出かけたお手伝いの女性に腹を立て、クビにするといきり立ったこともある。

実体験をつづった小説『流行感冒』によれば、口うるさく注意した本人が感染する。40度近い高熱、足や腰のだるさ……。まもなく妻や娘も発症してしまう。解雇されかかった女性は免疫を得ていたのか元気で、献身的に看病する。作家はわが短慮を反省した。

この短編を読み直したのは、歴史学者の磯田道史《みちふみ》さんが「コロナ禍に教訓が多い」と近著で紹介していたから。なるほど小言はどれも「3密」回避の理にかなう。ピリピリした言動は「自粛警察」を思わせる。一足先に免疫を得た人々を大切にすべし、とも教えてくれる。

年譜によると、一家は当時、千葉県我孫子市に暮らした。収まったかに見えて襲いかかる感染症の波は、分別盛りの作家を幾度も不安に陥れる。右往左往の日々は良質なルポルタージュのようである。

読み終えて、我孫子市内の旧宅跡に復元された書斎を訪ねた。6畳一間の平屋建て。柱や障子、床の間を見ていると、幼い娘を守りたい一心で感染予防に腐心する文豪の声が幻のように響いた。作家の熱はすぐ下がった。回復後、『小僧の神様』『暗夜行路』など代表作を相次いで世に出す。あすは1971年に88歳で亡くなった作家をしのぶ直哉忌である。

脱ハンコの陰で　10・21

茂の字がそびえ立つ吉田茂。斜めに飛ぶUFOを思わせる岸信介。そしてmの下に横線を引いて済ませた三木武夫。宰相たちの「花押《かおう》」にはそれぞれの人柄がにじむ。筆で記した署名代わりの符号である。

花押のことが気になりだしたのは、河野太郎行政改革相が先週こう述べたからだ。「閣議の花押は続きます」。脱ハンコの旗をふる大臣のこと、古めかしい花押も廃止するものと思っていたからいささか驚いた。

佐藤進一著『花押を読む』によれば、草書体を崩してデザイン化したものが多い。足利家や徳川家に先祖と酷似した花押が目立つのは、威光を借りるためか。芸術的なのは織田信長。至治《しち》の世を象徴する幻の獣・麒麟《きりん》の麟の字を形象化したものと言われ、迫力満点である。

戦国時代の書札では花押は印章より格式の高いものとされた。だが江戸時代に衰退し、明治以降は印章の陰に沈む。例外は大臣が閣議書に用いる慣行。内閣制度ができた1885年から続いてきたそうだ。

いまの政界ではどんな花押が主流なのか。少し前の閣議書を見ると、安倍晋三氏のそれは祖父の岸氏そっくり。岸田文雄氏の花押は優美ながら線が細い。石破茂氏は石の字そのもの。その隣にあって倍ほど大きいのが菅義偉氏。線は太く、墨が濃い。いかなる信条がこめられているのか。

武将や公家、歌人たちの花押を見ていると、興味が尽きない。次の休日、たわむれに一つ自分用を作ってみようか。政界に打って出るつもりはさらさらないが。

歴史家坂野潤治さん逝く　10・22

史料を集めるだけの人。史料を見ないで言うだけの人。そして崩し字の史料が読めない人。近代史家たるもの、この3類型に陥ってはならぬというのが、東大名誉教授の坂野《ばんの》潤治さんの持論だ。先週、83歳で亡くなった。

幕末から昭和戦前までの80年を研究した。書簡や日記など一次史料を精緻《せいち》に読み、史実の森に分け入る。よく言われる「歴史にイフ（もし）は禁物」説には与《くみ》せず、「あの局面でこうしていれば日中戦争は回避できた」。歴史の脚本を考え直すのが研究の醍醐味《だいご》だと説いた。

繰り返し指摘したのは凝り固まった戦前・戦中・戦後観。戦後だけが光り輝いたわけではない。戦前にも民主主義の花が開いた時期はある。それなのに戦中戦前をひとまとめにして「あの時代は真っ暗だった」と断じる愚を批判した。

東大や千葉大で教鞭《きょうべん》をとった。退官後には腰をすえ、買い集めておいた伝記や全集などを読み込むが、暇をもてあます日もあったらしい。「現役時代に時間の無駄に思えた教授会が恋しくなることもある」と自著につづった。

大震災や政権交代など折々に論考を寄せた。同僚記者によると、取材場所には自らファミレスを指定し、ビールでのどを潤しながら、伊藤博文や西郷隆盛の教えを自在に語った。「歴史に学ぶということは、先人たちの失敗を嘲笑することではなく、先人たちと謙虚に対話することだ」。いまごろは史料で深く接した福沢諭吉や吉野作造と語らっているだろうか。ときには杯を傾けつつ。

＊10月14日死去、83歳

辞書を編む　10・23

予備知識なく映画を見て、意外な展開に引き込まれることがある。最近では公開中の「博士と狂人」がまさにそれ。辞書界の最高峰オックスフォード英語大辞典（ＯＥＤ）誕生の陰に、編纂《へんさん》者と殺人犯の友情があったと知った。

「英語辞書の研究者以外にはあまり知られていない話かもしれません」と広島大教授の井上永幸《ながゆき》さん(60)。19世紀、南北戦争で心を病んだ米軍医が、英国内で射殺事件を起こす。収監先の病院で、画期的な辞書作りが始まったと知って深く共鳴。一心に単語の用例を集め、編纂室に送り届けた。

ＯＥＤは言葉の誕生から成長、消滅までを追う壮大な試み。古典や名著からの用例探しは困難の連続で、１９２８年の第1版（全10巻）刊行まで70年を要した。編纂を率いた博士は完成を見ずに亡くなる。

「人体にたとえれば語意は心臓、用例は血液。用法が豊かなほど、辞書に血が通います」。そう語る井上さんは学生時代、アルバイトで14万円を貯《た》め、念願のＯＥＤを手に入れた。自身が編纂した英和辞典でも6年半を要したという。

思い出すのは、三浦しをんさんの小説『舟を編む』の場面。「あの世があるならあの世で用例採集するつもりです」。辞書編纂の途上で亡くなった言語学者がそんな手紙を残した。

こちら日々のニュースに追われて右往左往するばかりで、一事に何十年も腰をすえて取り組む醍醐《だいご》味を知らない。生きて完成を見届けられぬ仕事でも、人は全身全霊を注ぐことができるものと学んだ。

表情戦を制す　10・24

韓国の作家ペク・ヒナさんの絵本には、とびきり表情豊かな人々が登場する。驚いて見開いた目は星のよう。腹を立てたときの眉間《みけん》は谷のよう。人形を粘土で手作りし、精巧なセットごと撮影した本で、表現の斬新さにうなった。

米大統領選の行方を占う最後の討論会で、バイデン前副大統領を見て連想したのは、ペクさんの代表作『あめだま』『おかしなおきゃくさま』の百面相である。トランプ大統領が挑発するたび、頭を左右に振ったり、口を開けて天を仰いだり。

ののしり合いとなった前回は「史上最悪の討論会」と呼ばれた。今回バイデン氏は強い口調を封じ、目力《めぢから》、眉力《ぢから》、ほお力《ぢから》を総動員した。念入りな準備の成果だろう。トランプ氏も眉の上下動で応戦したが、こと感情表現では完敗だった。

米国に駐在した20年ほど前、バイデン氏を取材したことがある。当時は56歳で連続当選5回。押しも押されもせぬ外交通の上院議員で、野心的な目が忘れがたい。記者たちの質問を手際よくさばき、颯爽《さっそう》と去っていった。

上院に36年、副大統領として8年。イランとイラクを言い間違え、英元首相メイ氏のことをサッチャー氏と言ってしまう癖は危ぶまれる。それでも77歳相応の風格を得て、政治家として円熟期を迎えたことはたしかなようだ。

投票まで10日あまり。米メディアが当落の予測を外した4年前を思えば、速断は禁物だろう。

2020・10月

だが売り言葉を買わず、表情による勝負を制したバイデン氏がいよいよ王手をかけた印象だ。

大津絵の鬼　10・25

鎌倉時代の説話集『宇治拾遺物語』に、こぶとり爺《じい》さんの原型とみられる話がある。作家町田康《こう》さんによる現代語訳が弾んでいる。お爺さんが見た鬼の姿は「皮膚の色がカラフルで、真っ赤な奴《やつ》がいるかと思ったら、真っ青な奴もおり、どすピンクの奴も……」。

鬼の宴会に交ざって踊りを披露したお爺さんに鬼が言う。「次にやるときも絶対、来てよね」。約束に何か預かろうということになり「やっぱ瘤《こぶ》いこう、瘤」。この訳、やりすぎか。いや案外、おかしな話の雰囲気を伝えているのかもしれない。

町田さんの筆致を思い起こすような鬼の絵を見た。東京ステーションギャラリーで現在展示中の「大津絵」である。江戸時代、今の滋賀県の宿場町で土産物として売られていたユーモラスな絵で、人物や動物のほか、鬼を扱ったものも多い。

「鬼の念仏」は、目がぎょろりとした鬼が僧侶姿で歩いている。慈悲の心もないのに、形だけ念仏を唱える人をからかっている。「鬼の行水」には、身体の汚れは落とせても心の汚れは落とせないという風刺が込められているらしい。

丸っこい線、鮮やかな色使いの絵の数々は、名もなき職人たちの手による。子どもに道徳を教えるのに使われたり、お守りにしたりと人気だったようだ。日本の漫画の源流として鳥獣戯画がよくあげられるが、大津絵も間違いなくその一つであろう。

最近流行している漫画に鬼が出てくるのも、むべなるかな。この国の大衆文化の流れに、思いをはせてみる。

核のボタン　10・26

米国大統領には常に随行する軍人がいて、特殊なカバンを携えている。核兵器の発射命令を出すための装置だ。「核のボタン」とも呼ばれるが、指で押すボタンがあるわけではなく認証コード入りのカードや防護電話などが入っているという。

こうした臨戦態勢が不必要な核戦争を起こす恐れがあると、米国の元国防長官ウィリアム・ペリー氏らが近著『核のボタン』で警告している。例えば核ミサイルが向かっているという誤った情報がもたらされた場合。これまでも誤りは何度か起きており、大統領に伝わる寸前までいったこともある。

あるいは大統領が情緒不安定に陥った場合。過去には過度の飲酒で周りを心配させた人や、アルツハイマー病の兆しがあった人もいたという。いま「核のボタン」はトランプ氏のそばにある。

米国に限らず核保有国の指導者たちは、人類を危機に追いやる力を持つ。そんな世界はおかしい、核を持つこと自体を違法にしようというのが核兵器禁止条約だ。50の国と地域が批准し、来年1月に発効することになった。

恐ろしい兵器を次々につくってきたのが人類の歴史である。一方で、その兵器を消していく努力も重ねられてきた。生物兵器、対人地雷、クラスター爆弾。どれも非人道的だとして、禁じられた。その流れに核兵器が続くことには合理性がある。

禁止の動きに加わらないどころか、核軍縮の道筋さえつけられないのが当の核保有国だ。日本の政府はいつまで、そちら側に居続けるのか。

初の所信表明演説　10・27

首相になって初の所信表明演説というのは力の入るものらしい。政治信条を明らかにするため、耳目を引くような言葉を用意する人が多い。小泉純一郎氏の場合は「米百俵の精神」。なけなしの財源を教育にあてた藩にたとえて、痛みにたえる改革の必要性を説いた。

第1次政権のときの安倍晋三氏は「美しい国」を掲げ、鳩山由紀夫氏は「友愛政治」を語った。言葉の上滑りも含め、個性が見えた。きのうの菅義偉首相も少し楽しみにしていたのだが、見事に何もなかった。

あえて言えば「国民のために働く内閣」の言葉だが、内閣は国民のためにある。「うちは魚を売る魚屋だ」と訴えるようなものだ。手抜きなのかと思いきや、どうも「アピールはしない」というのが政治信条らしい。

菅氏は官房長官時代、ビジネス誌プレジデントで人生相談の回答者をしていた。読者の質問に答え「仕事において〝アピール力〟はあくまでも付随的なものだ、というのが私の考えです」と語っている。政治の世界も同じで、大事なのはアピールよりも結果だとの趣旨だった。

心配なのは、首相の頭の中で「アピールをしない」と「説明をしない」がごっちゃになっているのではないかということだ。日本学術会議の扱いはその最たるものである。問答無用の任命拒否から、いったいどんな結果を導こうとしているのか。

もちろん扇動政治家はごめんだ。しかし語らない、語りたくない指導者というのも民主国家としてどうなんだろう。

成田空港に着いて……　10・28

成田空港に着いてから、さあどこに行こうかと考えることがある――。ミュージシャンの井上陽水さんのそんな言葉を、作家の沢木耕太郎さんが『旅のつばくろ』で紹介していた。直前に買うチケットは高いに違いないが、行動の自由さはうらやましくなる。

陽水さんには及ばずとも、空の旅はかつてに比べ身近になった。そう、新型コロナが拡大する前までは。乗客の激減により航空会社の経営は悪化しており、ＡＮＡホールディングスは今年度、5千億円超という過去最大の赤字になる見通しだ。

賃金削減のほか、社員をスーパーなどに出向させたり、手持ちの航空機を売ったりして少しでも赤字を埋め合わせるという。窮状は他の航空会社も同じだろう。

経済のグローバル化を支えてきたのが、インターネットによる速くて安い通信と、国境を越えたヒトの移動だった。感染拡大は前者の出番を増やし、後者を難しくした。海外出張に行かずともオンラインで何とかするしかなくなった。

世界的な感染がヤマを越えても、空の旅が完全に元に戻ることはないだろう。それでもパソコンの画面と音だけでは分からないことがある。そのまちに出かけ、人と会うことで気づくことがある。ビジネスでも、旅行でも。

普段それほど海外旅行をする身でなくとも、行けないと思うと行きたくなる。〈ふらんすへ行きたしと思へども／ふらんすはあまりに遠し〉。萩原朔太郎の詩から100年ほど経ったいま、同じ感慨を持つことになるとは。

閉塞と読書　10・29

息のつまるような戦時下で、その貸本屋は一種のオアシスだったのだろう。太平洋戦争末期の1945年、鎌倉にすむ文士たちが蔵書を持ち寄り「鎌倉文庫」という店を開いた。作品発表の場を失った彼らが何とか収入の道を探ったものだが、初日から繁盛した。

高見順や久米正雄らが交代で店番をしたというから、まさに手作りの本屋である。映画も演劇も思うように見られなくなり雑誌も手に入りにくくなっていた時代。娯楽小説や詩歌、歴史物などに人々は飛びついた（鹿児島達雄「貸本屋鎌倉文庫始末記」）。

客層は、勤労動員の学生や生徒が一番多かったという。時代の閉塞《へいそく》ぶりは戦時下と比べるべくもないが、コロナ下でも本に親しむ若い人がじわりと増えたらしい。

全国の17〜19歳を対象にした日本財団の意識調査で、「コロナ禍の影響で読書量が増えた」との答えが24・9％にのぼった。外出自粛など日々の暮らしへの縛りが、本離れに少し歯止めをかけたのか。

考えてみれば閉塞感と読書はもともと、友達のようなものかもしれない。思うにまかせない日常から本の世界へ逃げ出す。その先には様々な人生があり、自分の悩みのちっぽけさに気づく。行ったことのない外国をのぞき、いまとは違う時代で遊ぶ。

逃亡先としてはSFもおすすめだ。久しぶりに手にしたフィリップ・K・ディックの作品では、心がざわつくような未来に引き込まれた。現実にすぐに戻れなくなるのが難点か。読書週間は始まったばかりだ。

大城立裕さんを悼む　10・30

沖縄で米兵の犯罪が起きるたび、思い起こす小説がある。大城立裕さんの『カクテル・パーティー』だ。主人公の男性は、米軍住宅での親善パーティーに招かれる。帰宅したその夜、自分の娘が米兵にレイプされたことを知る。

犯罪を明らかにしたいと親しい米国人に協力を求めるが、冷たく断られる。八方塞がりになりながらも主人公は言う。「私が告発しようとしているのは……一人のアメリカ人の罪ではなく、カクテル・パーティーそのものなのです」

パーティーとは選択の余地なく米軍と付き合う日常のことだろう。戦時下の日本軍による中国への加害にも触れつつ、占領者の意識をえぐった。50年以上前の作品が今も迫ってくるのは問題が何も解決していないからである。沖縄文学を牽引《けんいん》してきた大城さんが95歳の生涯を閉じた。

沖縄の歴史や伝統文化にも材を取り、多くの小説や戯曲を書いた。そしてときには火のような言葉を発した。明治期の琉球処分は日本が沖縄を軍事植民地として引き入れたものであり、「辺野古への基地押しつけは、琉球処分の総仕上げだ」。2年前の本紙にある。

基地問題を正面に据えた小説『普天間よ』では、日米の政府のやり方を「朝三暮四」に例えた。普天間基地をなくす代わりに新たな基地をつくるというのは、口先で猿をだますようなものだと。静かな筆致のなかに怒りがある。

基地の押しつけに伴う欺瞞《ぎまん》的なパーティーが、沖縄では今も続いている。残された作品が教えてくれる。

＊10月27日死去、95歳

2020・10月

欧州の第2波　10・31

ドイツの食事というと、ソーセージとジャガイモくらいしか思い浮かばないのは当方の発想の貧しさであろう。それはさておき、ソーセージを使った慣用句はドイツ語に多いようだ。在日ドイツ大使館がウェブサイトで紹介している。

「それはソーセージだよ」との言い回しがあり「そんなことどうでもいい」の意味だという。あまりにありふれているからだろうが、大事な食べ物でもある。「ソーセージが問題だ」と言えば「今が正念場だ」「重要だ」となる。

そのドイツで、外食ではソーセージも食べられなくなるというから、たしかに正念場だ。新型コロナの感染拡大を食い止めようと、1カ月間、持ち帰りをのぞいて全ての飲食店を閉鎖するという。

ドイツに限らず欧州はいま、感染第2波の中にある。夏季休暇シーズンに移動制限を緩めたことが響いたか。フランスは全土に外出禁止令を出し、イタリアも飲食店の営業を制限した。感染を抑えた上でクリスマスを迎えたいようだが、思惑通りにいくかどうか。

それにしても彼我のこの差はどう考えたらいいのだろう。日本はＧｏＴｏトラベルやイートの真っ最中である。東アジアで被害が比較的小さい理由は生活習慣説から遺伝子説まで色々言われるが、証明されてはいない。油断はできない。

欧州のレストランには屋外のテラス席がよくあり、気分も換気もよさそうだ。今は肌寒い季節を迎え、使いにくくなっているか。事態が他より少し早く進んでいるだけかもしれない。

2020

11
月

灯台の引退　11・1

めざす灯台は、日本海に浮かぶ小さな岩のいただきにちょこんと立っていた。新潟県糸魚川市の能生港《のうこう》灯台。橋の赤、海の青、松の緑を背に、塔の白さがまぶしい。

いったん国から廃止の候補とされたが、地元に惜しむ声がやまず、3年前、市が買い取って残した。「もともと地元の旧能生町が漁師のために建てた灯台。何があっても守ってやるという気持ちで、海上保安庁と交渉しました」。上越漁協組合長の磯谷《いそがい》光一さん(62)は話す。

海の安全標識として欠かせなかった灯台だが、GPS装置が普及して、小さな漁船でも灯光に頼らず航行できるように。それでも漁師にとっては格別の存在という。「沖から灯台のあかりが見えると、ぶじに帰れた、よかったよかったと帰港を実感できる。海に生きる者には心のよりどころです」

海上保安庁によると、全国に灯台は3千余り。この10年で129基が廃止された。数は少ないものの、高知県や石川県などでも灯台が観光資源として生き残っている。

単なる海の標識と言ってしまえば身もふたもないが、おそらく灯台には人々を引きつける独特の魅力があるのだろう。荒波に打たれる姿は孤高の美を思わせ、夜通し働くさまは芯の強さを感じさせる。なんとはなしに擬人化したくなる。

きょうは年に1度の灯台記念日。初の洋式灯台である神奈川県の「観音埼灯台」が明治元年の11月1日に起工したことにちなむ。潮風を浴びつつ灯台を眺めていると、この世の憂さをいっとき忘れる。

007の旅立ち　11・2

強盗、船員、溶接工……。下積みの20代、ショーン・コネリーさんは演劇やドラマのオーディションに幾度も挑んだが、端役にしかありつけない。多くはセリフもない。スコットランドなまりが抜けなかったからだ。

英エディンバラ近郊の工場労働者の家で育った。勉強が嫌いで、13歳で学校をやめてしまう。牛乳配達、印刷工、れんが工、ジャガイモ運び、美術学校の絵のモデルなど数え切れぬほどの職をへて、俳優の道を志す。

脚光を浴びたのは30代に入ってから。ライバル200人を押しのけ、スパイ映画「007」第

1作の主役を勝ちとる。原作の小説では上流階級の英語を話す優雅で洗練されたスパイのはずだったが、彼本来の武骨さが映画では役にぴたりとはまった。「007は二度死ぬ」など7作で主演した。

不動の名声を得たジェームズ・ボンド役だが、当人はその座に安住しようとはしなかった。嫌いな自作を問われると、「すべての007シリーズです」と答える。40代後半に出演した他の映画では、薄くなった頭髪や白いヒゲを隠さず、素顔を見せた。

訃報《ふほう》に接して、70歳で公開された主演映画「小説家を見つけたら」を見直してみる。筆を折った厭世《えんせい》的な小説家という役どころ。セリフは長く、陰影に富み、肩から力の抜けた演技がやさしい。

まったくの私見ながら、ボンドを卒業した後に役者として開眼した人ではなかったか。老いもなまりも隠さず、若く貧しかった日々に培ったものをみごとに結実させた。

＊10月31日死去、90歳

大大阪ふたたび　11・3

〈浪速津《なにわづ》に咲くやこの花冬ごもり　いまは春べと咲くやこの花〉。大阪市の浪速区と此花《このはな》区の名は古今和歌集にある1首に由来する。大阪都構想の開票結果を見れば、浪速区は賛成が多く、此花区は反対が多数。

わずか1万7千票差の接戦である。それぞれに歴史を持つ24の区名はからくも残ることになった。大阪都「抗争」とも呼ばれた5年ぶり2度目の住民投票が終わった。

歴史をひもとけば、大阪都構想は88年前にもあった。パリに次ぐ世界6位の人口を擁して「大《だい》大阪」と呼ばれた商都が、人口や面積で東京市に抜かれた1932（昭和7）年のことだ。大阪市域を知事の権限が及ばぬ大阪都とし、残りの地域を浪速県と呼ぶ案だった。

「府市が対立し、つまらない競争で無駄な費用を使う」「東京市に置き去りをくっては250万市民に相済まぬ」。地元は熱くなったが、政府は冷ややかだった。東京市が先に都制に移り、大戦末期に構想は立ち消えとなる。

今回の結果を見ると、大阪を再び東京に比肩する街にしたいという願いが浮かぶ。有権者の意見が割れたのは、それを実現する道筋として都構想しかないのか否か。市を廃止する巨大な賭けに不安を感じる人がわずかに多かったようである。

政治も経済も文化も東京を向くいまの一極集中は国のありようとして健全とは言えまい。大阪都の夢は東京肥大化への警鐘のように響いた。いまから88年後の来世紀初めには大大阪や大福岡、大名古屋が活況を競う国でありたい。

白い神　11・4

福井地方の古い方言で「めっちゃ」は、あばた、おできを指す。天然痘が猛威をふるった江戸後期には、患者の顔に残る病気の跡もそう呼ばれた。そのころ、「めっちゃ医師」とさげすまれたのは地元の町医、笠原良策である。

天然痘ワクチンの普及に尽くしたその生涯は、吉村昭さんの小説『雪の花』に詳しい。「当時は藩医らも牛痘由来のワクチンが理解できない。西洋かぶれの怪しい医術といった中傷を浴び、笠原はくよくよと気に病みました」。そう話すのは福井県文書館の柳沢芙美子さん(62)。笠原の書簡を読み込んできた。

念願の牛痘苗を京都で手に入れるが、笠原には福井へ運ぶ手立てがない。決行したのは、幼児に接種して吹き出た膿《うみ》を別の幼児へ植え継ぎながら運ぶ方法。いわばワクチンの駅伝である。雇った親子十数人と雪嵐の峠を越えた。1849年冬のことだ。

その後も接種は広まらず、莫大《ばくだい》な借財を抱える。「理解されたのは3年後の大流行から。わが子の命を救えると親たちが確信した後です」。藩が腰を上げ、種痘所の本格運営に乗り出す。

笠原たちはワクチンに「白神《はくしん》」の字を当てた。発音の近さもあるが、威力を神のように感じたのだろう。世界がワクチンの完成を待つコロナの時代、白神の当て字は少しも大げさに思えない。

福井平野を一望する足羽山《あすわ》に登った。山頂に立つ笠原の顕彰碑には「疫鬼《えきき》を駆逐し、嬰児《えいじ》を育て」とある。笠原の名が公衆衛生の先覚者として刻まれていることに安堵《あんど》した。

郵便投票と分断　11・5

米国大統領選の投票日が火曜なのは、キリスト教そして国土の広大さが関係している。日曜に教会で祈り、月曜に馬車で移動し、火曜に票を投じていた名残という。時間と手間をかけ、主権者の責務を果たした。

記録的な高投票率となった今回、目立ったのは事前の郵便投票である。投票所での感染を避けるためだが、郵便投票の回収所が少数に限られている州もある。車の長い列で待つ映像に頭が下がった。

米国政治の枕詞《まくらことば》となった「分断」は投票の仕方にも表れた。郵便投票は民主党支持者が多いと言われ、米国メディアにはこんな声があった。「民主党支持者は早めに、共和党支持者は後で。この国に二つの投票制度があるかのようだ」

これから郵便投票の集計が進まないと勝敗は決しない。にもかかわらずトランプ大統領は「我々は勝った」と語り、訴訟を起こしてでも集計を止める姿勢を示した。自国の選挙制度をここまで軽んじる指導者が他にいるだろうか。

自分の子が別の政党の支持者と結婚したらどんな気持ちか――。1960年の意識調査で「不満」と答えた人は5%以下だった。それが2010年には民主党支持者の33%、共和党支持者の49%にのぼったという（レビツキー、ジブラット著『民主主義の死に方』）。分断の背景には人種や信仰、地域の違いがあり、溝は深まっている。

全く異なる二つの米国、そのどちらに転ぶかで世界も日本も振り回される。郵便投票の権利でもあればなどと詮無《せんな》いことを思う。

木枯らし1号　11・6

木の葉の色づきにも順番があって、毎日街路樹を眺めていると、紅葉のリレーのようだ。サクラの葉が散ったと思うと、ハナミズキの葉がワインレッドに染まっている。その木も寂しくなった今はイチョウの黄色に目を奪われる。

絵のように美しい。口をついて出てくる紋切り型の表現に真理がある。画家たちが切り取りそうな、そんな一瞬を目にした幸福である。東山魁夷が画集に添えた文で、晴れた日の紅葉の鮮やかさを述べたあとに、こう続けていた。

「しかし、ある時の旅で私は少し薄曇りの空の下に、紅葉の山の一つ一つの樹相が、落着《おちつ》いた赤さで、静かに息づいている情景に心を打たれた」。そうして描いた「秋翳《しゅうえい》」はほの暗さのなかに輝きがある。こんな風景にいつか出会うことができれば。

気がつくともう晩秋で、おとといは東京でも木枯らし1号が吹いた。舞い落ちていく葉を見ていると、寂しげなのに、どこか楽しげでもある。その上を歩くとサクサクという秋の音がする。

フランスの詩人ルミ・ド・グールモンに、恋人に呼びかける連作がある。「落葉」と題した一編は、〈シモオン、木の葉の散つた森へ行かう〉と始まる。そして〈シモオン、お前は好きか、落葉ふむ足音を？〉の言葉を何度も繰り返す。

〈夕べ、落葉のすがたはさびしい／風に吹き散らされる時落葉はやさしく叫ぶ！〉（堀口大学訳）。ひとりで歩くのも、誰かと歩くのもいい。朝に冬を感じ、昼に暖かさを楽しむ。そんな贅沢《ぜいたく》な季節である。

田沢ルールと脱藩　11・7

江戸時代、自分の藩を勝手に抜け出す「脱藩」は犯罪行為だった。司馬遼太郎は『竜馬がゆく』の中で、坂本竜馬脱藩直前の場面に姉を登場させ、こう語らせた。「脱藩すればもう二度とお国に戻って来れませんよ」

きょうだいや親類と生涯会えなくなり、藩に残る一族にも大変な迷惑をかけるのだと。さてこちらも、まるで幕藩体制のようなと言いたくなる。プロ野球についこの間まで存在したルールのことだ。

有望なアマチュア選手が日本球界を経ず海外の球団に入ったとする。後で日本でプレーしたいと言っても、2~3年はドラフトの指名を受けられない。選手には痛い空白だ。すぐにでも大リーグに挑戦したい若者への脅しであろう。

12年前に米球界に飛び込んだ投手の名を取ったこの「田沢ルール」は9月にようやく廃止された。問題を調査していた公正取引委員会はそれでもひとこと言いたかったのだろう。独占禁止法違反の恐れがあったとの見解を公表した。

日本で就職活動をせず、新卒で海外に出た人には罰を科す。もし経団連がそう言いだしたら大変なことだ。スポーツだから、特別な世界だからと許される時代ではない。球界は自覚したのか、それとも公取委に叱られそうだからやめただけか。

脱藩者の処遇は藩により差があったようだ。土佐藩のように重罪に問う藩がある一方、事実上黙認する藩もあった(磯田道史著『龍馬史』)。外の空気を吸わせるのも悪くない。そう考えた藩主がいたのかもしれない。

最古の民主主義　11・8

アメリカという国は変わった政治をしているらしい。そんな情報は江戸期の日本にも徐々に入っていた。漂流して米本土で一時暮らしたジョン万次郎から聞き取った書物がある。「才能や学識を持った多くの人のなかから、これぞと思える人物を選んで大統領とする……」

任期は4年だが「その人の徳が高く、政治力も抜群であるならば、任期を重ねてその職を続けることができる」(『漂巽紀略《ひょうそんきりゃく》』、谷村鯛夢《たいむ》現代語訳)。だから才能ある者が、「我こそは」と集まってくるという。身分社会に生きる日本人には驚きだったに違いない。

世界で最も古い民主主義。周りから敬意を持たれ、自分たちも誇りにしてきた米国で大統領選挙がもみくちゃになっている。

開票所の近くでトランプ支持者が集計の中止を求めて抗議し、バイデン支持者と罵《のの》り合う。ペンシルベニア州フィラデルフィアでは銃で武装した男2人が逮捕された。開票所襲撃を計画した疑いというから穏やかではない。

あおっているのはトランプ大統領その人だ。根拠を示すことなく「集計で多くの不正行為が行われている」と主張する。相手の党は競い合うライバルではなく倒すべき敵。そんな意識がトランプ政権の4年間でこの国に根付いてしまったか。

大統領と同じ共和党の上院議員が「全ての票を集計するのは民主主義の核心だ」とツイートしたという。そんな当たり前の発言が注目されるのが今の米国政治である。選挙後にどう立て直せるか。道は険しそうだ。

2020・11月

56連敗のスピリッツ　11・10

選手は本意でないだろうが、負けることで注目を集めるチームもある。おととい閉幕した野球の東京六大学リーグで東大の連敗は引き分けをはさんで56に伸びた。過去最多の94ほどではないものの、新チームは勝利を経験した選手が不在で迎えることになる。

手をこまぬいてきたわけではない。今年度は東大から初めてドラフト指名され中日で活躍した井手峻《たかし》監督(76)が指揮をとった。引き受けた当初はそのレベルに驚いたという。「私の時代と違う。選手は豊富な知識があり、科学的な練習で基礎体力も上がっている。学生コーチ主体の練習も無駄がない。でも勝てない」。他大学は2番手、3番手投手でも時速150キロ近い速球を繰り出す。東大の進化以上にリーグもレベルを上げている。

その背景をたどれば受験の関門の高さにいきつく。推薦制度を活用するところに比べ、部員約100人の6割は浪人経験者だ。しかし、敗れてもなおプライドは失わず、この「宿命」を選手が言い訳にすることはない。

学生スポーツの純粋さを引き合いに出すのは気がひけるが、グッドルーザー（よき敗者）の精神を失ったかのような超大国のリーダーの振るまいをみれば潔さは際立つ。

さて東大の突破口はどこにあるのか。「妙案はない。細かい努力を一つ一つ積み重ねるしかない」と井手監督。自己を冷徹にみつめ、足らざるものを補い、あきらめることなく挑み続ける。そのアイデンティティーはリーグに一つの明確な魅力を加えている。

平安朝の秋　11・11

平安朝を生きた藤原道長は10月28日、鎌倉時代の藤原定家は11月7日、江戸後期の頼山陽《らいさんよう》は11月11日。どれも京の都で紅葉をめでた日付を現代の暦に換算したものである。いまの紅葉シーズンに比べるとかなり早い。

公家や文人たちの日記から紅葉の時期を推定したのは、農業気象学が専門の青野靖之・大阪府立大准教授(58)。「古い文献が多く残る京都だからこそ調べられました」。紅葉をめぐる記述から秋の気温を推定した。集まった「見ごろ情報」は平安以降1100年に及ぶ。

紅葉の時期は太陽活動の強弱を受けて周期的に早まったり遅くなったりした。だが江戸後期から見ごろはどんどん遅くなっていく。戦後の高度成長期以降は、紅葉を報じる新聞記事が11月後半に集中する。「都市温暖化の影響でしょう。人や建物が多く、排熱や照り返しで熱がこもります」

青野さん作成の紅葉年表を携え、先週、京都を本社ヘリから取材した。比叡山の頂上こそ赤に染まりつつあるが、道長が999年に赴いた嵯峨は黄色が点在するのみ。定家が1226年に「紅葉之《の》盛」と書いた賀茂あたりは木立の緑がなお優勢だった。

それにしてもさすが古都である。平安や鎌倉の昔から紅葉狩りの名所として聞こえた神社仏閣がいまも立つ。時を超えて錦秋《きんしゅう》の美を守り継ぐ千年の歴史を思う。

このまま温暖化が進めば、歳末にカエデやイチョウが色づき始め、年明けに山々が赤く燃える時代が来るかもしれぬ。道長や定家は困惑するだろうか。

ある骨の物語　11・12

不思議な写真がある。角が絡み合ったまま息絶えたヘラジカ2頭の骨だ。激しく闘い、外れなくなったのだろう。撮影したのは24年前に亡くなった写真家星野道夫さん。この1枚から今秋、絵本『あるヘラジカの物語』が生まれた。

作者の鈴木まもるさん(68)を静岡・伊豆に訪ねた。「昨夏の深夜、ずっと昔に見たあの写真を夢でみたんです」。星野さんとは家族ぐるみの付き合い。布団から飛び出すと一心に鉛筆を走らせ、徹夜で草案を仕上げた。

2カ月後、写真の舞台アラスカへ飛ぶ。星野さんの随想を頼りに大地を歩き、動物をスケッチした。肌を刺す空気、またたくまに原野を覆う雪に驚いた。

絵本では、疲れ果てたヘラジカ2頭をヒグマやコヨーテたちが食べていく。「小さい子が怖いと感じる絵本にはしたくない。それでも、生の体が肉になり骨になる。その現実は描きたかった」。残酷すぎるか、雪で隠しすぎたか。何度も描き直した。

思えば、命の循環は星野さんの生涯の主題だ。彼の残した一文にヘラジカ（ムース）を食べる場面がある。「ムースの体は、ゆっくりと僕の中にしみこんでゆく。その時、僕はムースになる。そして、ムースは人になる」。写真家は思いをはせる。「生きる者と死す者。有機物と無機物。その境とは一体どこにあるのだろう」

絵本の終盤、ウサギがヘラジカの骨をかじる。〈マイナス50度、しずかなきびしい冬のアラスカ〉。冬が迫る現地で繰り広げられている命のリレーを想像した。

早すぎた疫学者　11・13

感染拡大のさなかは外食や芝居、習いごとを控えるべし。物品の贈答は断り、古着は一夜水に浸して洗うこと……。江戸後期の甲州に「3密回避」や「外出自粛」「隔離」を説く医者がいた。

漢方医の橋本伯寿《はくじゅ》。長崎で蘭学者に師事し、中国や日本で病疫がどう広まったか内外の医書や史書を読みあさる。天然痘、麻疹《はしか》の本質は人から人への「伝染」だと見抜き、体内の「生気」がそれら体外の「毒気」と闘うと指摘した。再びの感染はなく、すでにかかった人を看護要員にせよとも訴えた。

甲府市の医師、吉岡正和さん(71)は、埋もれていた伯寿の主著『断毒論』を掘り起こし、昨春その評伝を出版した。「ウイルスもワクチンも知らない時代に、抵抗力や免疫に通じる理論を独力で深めたのは驚きです」

卓見ではあったが、生存中に偉人扱いされた節はない。天然痘の猛威を免れた離島や秘境の名を挙げ、代官所に「隔離避難所」を設けるよう請願したものの、日の目を見ずに終わる。伯寿は1822年に没した。

むろん、いまの医療の常識に照らせば、伯寿の理論には誤りがいくつもある。たとえば種痘では天然痘を防げないと力説した。それでも、感染予防策に関しては、その知恵は現下のコロナ禍でも十分に通用する。

冬を前にコロナ感染者数のグラフは日ごとに上へ伸び、第3波の到来はだれの目にも明らかだろう。「避ければ免れ、避けざれば冒《おか》される」。早すぎた疫学者の渾身《こんしん》の教えをいま一度かみしめる。

卵を胸に　11・14

優優良良良良良良良良良可可可可。これは1951年春の小柴昌俊さんの全成績である。「東大の物理学科をビリで卒業したと言っても信じてもらえない」。母校で講演した際、自分の成績表をスクリーンに映し出した。

訃《ふ》報《ほう》に接して自伝を読み直すと、若いころは幾度も逆風を浴びている。父のような軍人か、チャイコフスキーのような音楽家にあこがれたが、小児まひに夢を絶たれた。受験は失敗続き。大学時代は家庭教師や米軍の仕事で家計を支えた。

「この世に摩擦というものがなくなったらどうなるか。記せ」。一時期教えた中学ではそんな試験問題を出している。用意した正解は「白紙答案」。摩擦がなければ鉛筆の先が滑って紙に字は書けないからと説明し、生徒を驚かせた。

2002年のノーベル賞受賞後は、子ども向けの講演を数多くこなす。「教科書を疑い、究明の卵をいつも心に持って」「達成したいと思う卵をどう孵化《ふか》させるか考えて」と訴えかけた。

最大の功績は素粒子ニュートリノの観測。物理に疎い当方など、16万光年のかなたから何がどう岐阜県の地底に届いたのか、いまだに理解できない。それでもノーベル賞と聞くと、真っ先に小柴さんの福々しい笑顔が浮かぶ。「失われた20年」のさなか、当時の日本がどれほど励まされたことか。

小柴さんの愛した東京・杉並の散策路をきのう歩いた。「宇宙　人間　素粒子」「夢を大切に」。自筆の言葉を刻んだ記念碑のてっぺんで特大の卵が輝いていた。

＊11月12日死去、94歳

セイタカアワダチソウは……　11・15

セイタカアワダチソウは律義者である。身近な自然についての著作が多い菅野徹さんがそんなふうに書いていた。24年にわたり横浜の自宅近辺で開花時期を記録したところ、うち21年間は9月末日からの4日間に収まったという。

だからカレンダーがなくても「9月は終わり、10月が来た」とわかるのだと(『町なかの花ごよみ鳥ごよみ』)。強い繁殖力ゆえに疎んじられることもある野草だが、見る人が見れば立派な「秋告げ花」である。

草花や鳥や虫たちが季節を告げる。風物詩であり、大切な気候の指標でもある。そんな考え方から各地の気象台は開花や初鳴きなど57種の「生物季節観測」を続けてきた。しかし来年からは桜や梅などの目立つところを残し、対象を大きく削減することになった。

都市化や温暖化により、気象台付近の観測が難しくなっているためという。確かにトノサマガエルやアキアカネは地域によっては見つけにくくなっているに違いない。ただヒグラシやシロツメクサなどはまだ身近に思えるのだが。

物事を把握するには地をはう虫の目と、上から眺める鳥の目がある。気象観測は今や鳥の目どころか宇宙の目である。もはや虫の目、いや人の目は不要という流れとなった。しかし、環境破壊や温暖化の大きな変化をつかむのに、それだけで十分だろうか。

カエルが身近にいて、毎年律義に生を繰り返していた頃のことを思う。私たちの暮らし方が生き物を消していく。速度はどこまで増しているのだろう。

坂田藤十郎さんを悼む　11・16

日本文学者のドナルド・キーンがその舞台を京都で目にしたのは、1953年だった。「私が歌舞伎に開眼したのはこの時だった。そして、最初に魅了されたのは女形であった」。著書『能・文楽・歌舞伎』にそう記している。

演目は、近松門左衛門作の「曽根崎心中」。主人公のお初を演じた女形は二代目中村扇雀《せんじゃく》、後の四代目坂田藤十郎《とうじゅうろう》さんである。目を奪われたのはキーンだけではなかったようで、世に扇雀ブームが起きた。お初が男の手を取って死に場所へと向かう姿は、当時としては斬新だったという。「新しい女形の誕生」ともたたえられた上方歌舞伎の若き役者は以来、近松作品に光をあて続ける。「近松座」も結成し、お初を演じたのは実に1400回にのぼる。人間国宝にもなった藤十郎さんが88歳の生涯を閉じた。

少年のころは歌舞伎がそれほど好きではなかったというが、指導者に恵まれ開眼した。能や京舞などの第一人者たちを師匠に、芸を磨いた。

元禄時代の上方の名優、初代坂田藤十郎にあこがれ、その名を継ぐのが長年の願いだった。江戸を代表する市川団十郎の名は受け継がれているのに、藤十郎は絶えて久しかったからだ。政治や経済、そして文化の東京一極集中が進むこの国にも思うところがあったに違いない。

役作りは原作を読み直すところから始めた。千回以上演じた役でも「今度はこうしよう、明日はこう演じてみよう」と臨むのだと自著にある。体の動く限り、つやのある役を演じ続けた。

＊11月12日死去、88歳

下駄を預ける　11・17

比喩表現を使いつつ、さていつまで通用するだろうと思うことがある。例えば「下駄《げた》を預ける」。相手に物事の処置を任せる意味だが、下駄も見なくなったし、お店などで履物を預ける習慣も減った気がする。

「すきま風が吹く」はどうだろう。恋人や夫婦の間でよく吹くものだが、現実のすきま風は家屋の密閉性が高まるにつれて減っている。〈♪傷ついてすきま風知るだろう〉という杉良太郎さんの名曲も今なら生まれていたかどうか。

すきま風のない暮らしは快適だが、あえて換気しなければ空気がそこにとどまるということでもある。寒い季節が訪れ、窓を閉め切るようになったのも理由の一つだろう。各地で新型コロナの感染者数が増えている。

目立つのが北海道で、札幌市では不要不急の外出自粛を求める方向になったというから、第1波を思い起こさせる事態である。違うのは、「Ｇｏ　Ｔｏ」事業があるために「出ないで」「動かないで」と政治家たちが強く言いにくくなっていることか。

寒い場合は窓を小さく開ける、せめて隣の部屋の窓を開けるなどの対策を専門家はすすめている。自宅や職場はともかくとして問題は公共の場である。お店でも電車やバスでも「窓を開けていいですか」ともっと気軽に言えるようになればと思うのだが。

ウイルスの特性もだんだんと分かってきた。どこにどんなリスクがあるのか、生活を点検したい。自分の立ち居振る舞いについて、政府や自治体に「下駄を預ける」のではなく。

パンとサーカス　11・18

ローマ帝国の皇帝のなかには民衆の機嫌を取るために娯楽の提供に励む者たちがいた。それを象徴する言葉が「パンとサーカス」である。サーカスとは曲芸ではなく、戦車競走で用いられた楕円形《だえん》のコースを指すのだと、西洋史家本村凌二《りょうじ》さんの著書に教わった。

馬に引かれた戦車が疾走するレースを観衆が楽しんだというから、一種のスポーツイベントであろう。統治のため「サーカス」が重視されるのはいつの時代も変わらないようだ。東京五輪をめぐる昨日の朝刊記事を読んで思った。

「五輪は最大の政権浮揚策」との認識が政府・与党に広がっているという。来年夏の五輪・パラリンピックの後、それを菅政権の成果として衆院を解散すれば、選挙に勝ち、政権を長期化できるというもくろみである。

来日している国際オリンピック委員会のバッハ会長に対し、菅首相は「大会を実現する決意だ」と語った。「人類がウイルスに打ち勝った証し」にするという。しかし世界を見渡すと、打ち勝つという言葉がむなしく思えてくる。

米国では感染者数が1日10万人を超え、欧州も再度のロックダウンである。それでも開発中のワクチンを頼りに五輪を開き、海外からの観客も招くつもりだという。しかし忘れてはいけない。欧州では夏季休暇で多くの人が国境を越えた後で、感染が拡大した。

「パンとサーカス」のパンは日々の暮らしを支える。無理なサーカスで医療崩壊を招くようなことがあれば、暮らしそのものが危うくなる。

2020・11月

小春日和の挿話　11・19

劇中劇は、物語に彩りを添える。ケストナーの児童文学『飛ぶ教室』では、ドイツの寄宿舎の少年たちが創作劇の稽古をする。クラス全員が飛行機に乗って世界を回り、現地で授業をするという楽しげな劇である。

あるときはイタリアのヴェスヴィオ火山に飛び、燃え立つ炎をながめながら、噴火で滅んだ古代文明を学ぶ。またあるときはエジプトのピラミッドに降り立ち、ミイラに出合う。学校でクリスマスに上演し、みなを喜ばせた。

私たちの季節の物語も冬へと向かっていたはずが、ここ数日は劇中劇を思わせるような陽気が続いている。〈挿話めく小春日和と云ふがあり〉相生垣瓜人《あいおいがきかじん》。いつもより長くて心地よい挿話を置いてくれたのは、どなたかの思いやりか。

信州小諸での暮らしを綴《つづ》った『千曲川のスケッチ』で、島崎藤村は小春を愛《いと》おしんでいる。「いくら山の上でも、一息に冬の底へ沈んではしまわない」。秋から冬になる頃の小春日和は「この地方での最も忘れ難い、最も心地の好《よ》い時の一つである」。

きのうは富山や鳥取などで、季節外れの夏日となった。「小夏日和」とでも言いたくなる日差しのなかを歩けば、当たり前ながら木々は確実に冬へと向かっている。街路樹の葉が風で落とされて、丸裸に。サザンカの赤い花も、いつも通りの美しさである。

日本気象協会によると、今年の冬の特徴は、いつもよりゆっくり寒くなることだという。不安になるニュースが多いなか、少しだけ心が落ち着く知らせである。

奇っ怪な英語 11・20

SF作家小松左京の『明日泥棒』に、奇っ怪な日本語をしゃべる宇宙人が出てくる。ゴエモンと名乗るこの人物は、様々な話し言葉を大急ぎで棒暗記したとのことで、登場からこうだ。「コンツワ！　けっこうなお天気でありおり侍《はべ》り」

上は洋服で下はハカマという珍妙な格好も、彼なりに日本を研究した結果だ。郷に入れば郷に従えと言おうとして「汝《なんじ》らの国の諺《ことわざ》に、ゴーにいればストップにしたがえと……」。実は恐るべき超能力の持ち主なのだが。

ゴエモンほどでないにしろ、英語話者から見れば奇っ怪な言葉が我が国に氾濫《はんらん》しているようだ。

改善を求めて通訳や研究者が「日本の英語を考える会」を発足させた。そのウェブサイトを見ると「Ｇｏ　Ｔｏ　トラベル」がやり玉にあがる。

ｔｏの後に来るべきは、京都や学校といった目的地を表す名詞だからだ。ウィズコロナやハローワークなど和製英語は世に多く、必要な情報が外国人に伝わらない恐れがあるという。変な英語もご愛敬と言ってはいられないか。

カタカナ語でもう一つ気になるのは、悪い印象を薄める意図をときに感じることだ。国民総背番号がいつしかマイナンバーになり、感染爆発でいいのにオーバーシュートと言う。行政発の新語にはとくに用心したい。

いまカタカナで人々を煙《けむ》に巻くとしたら……。えー、コロナとエコノミーの問題に関しましては、ＧｏＴｏイートとマスクをコラボさせることによりソリューションを見つけたい、かように考えます。

会食指南　11・21

世の中には変わった師匠がいるもので、「あくび指南所」の看板を掲げて稽古をつけてやろうというのが、落語の「あくび指南」である。秋は月を見ながら、冬は炬燵《こたつ》でと四季折々のあくびがあるが、入門編は夏の船中のあくびだ。

体をゆすって船の気分を出し「おい、船頭さん、船を上手《うわて》のほうへやってくんな」など台詞《せりふ》も決まっている。「船もいいが、一日乗ってると、退屈で……退屈で……」とここであくび。入門者は無理に出そうとするが、うまくいかない。

話は、このところの政治家たちの「会食指南」である。あくび指南ほどばかばかしいとは言わないが、菅首相の「静かなマスク会食」にしろ、小池東京都知事の「5つの小《こ》」にしろ、問題の大きさに比べて、ちんまりした話だ。

きのうは田村厚生労働相が、飲食用のフェースシールドなるものの使い方をテレビカメラの前で実演していた。政治家たちは何かメッセージを発しているつもりなのだろうが、医療の専門家たちの危機感とは隔たりがある。

東京都医師会が緊急記者会見で、「ＧｏＴｏトラベルの一時中断を」と求めていた。今のまま放っておくと、必ず医療崩壊につながるという。経済との両立というと聞こえはいいが、感染防止の努力をＧｏＴｏが打ち消しているのが現状か。ここで事業を見直せば、よほど意味のあるメッセージになる。

政治家たちが会食指南に終始するなら、この人たちに任せていて大丈夫だろうかと……あくびではなく、ため息が出る。

個人的には、ということ　11・22

個人的には……。わざわざそう断ってから発言する人がやけに多いように感じる。気のせいだろうか。「私はこう思う」と単に言えばいいのに、なぜかこの表現がよく使われる。

それなら今までの話は何だったのか。まさか何かの組織を代表していたわけでもあるまい。疑問に思って同僚に尋ねると、本来の意味とは違って「相手の気に障るかもしれないけどこれだけは言っておこう」といったときに使うという。

組織論が専門の同志社大学教授の太田肇さん(65)は日本の企業などでの同調圧力の強さを指摘する。周囲と異なる意見を言うには圧力にたえる「逃げ道」が必要で、それが「個人的には」といった表現になっているのではないかと。

「日本の組織には私より公を優先する暗黙の前提がありますから」。ただ、前置きの後に本音を語れるような場合はまだましなのかもしれない。「最悪なのは本音が語られず、建前だけの組織です」と太田さん。

「私の個人的意見は反対でありました」。日本が戦争に向かった経緯について、Ａ級戦犯が東京裁判で語った言葉を政治学者の丸山真男が書き残している。自らの考えを「私情」と排し、ひたすら周囲に従うのをモラルとするような指導者の言動を丸山は「既成事実への屈服」だと喝破した。

豊かで平和な社会は異論によって形成される。正直言ってあまり好きではない言葉だけど、そう前置きするだけで言いたいことが言えるのならば、もっと使われてもいいと思う。個人的には。

蟻であっても　11・23

飛行場に近い公園に寝転び、頭上を行く機体のエンジン音を聞き比べる中学生２人。つらく出口のない日常から飛び立つ日を夢みる。公開中の映画「滑走路」にそんな場面があった。

萩原《はぎはら》慎一郎さんの歌集『滑走路』から生まれた映画である。〈非正規の友よ、負けるな　ぼくはただ書類の整理ばかりしている〉。働きにくく生きづらい社会を独特の感性で切り取り、将来を期待されながら、歌集刊行を待たずに32歳で早世した。

〈屑籠《くずかご》に入れられていし鞄《かばん》があればすぐにわかりき僕のものだと〉。本紙の歌壇に初めて登場したのは19歳のとき。中学高校で受けたいじめによる心の傷は深く、大学を出た後も不調に悩まされた。

非正規雇用を主題にすえた歌で共感を呼ぶ。〈夜明けとはぼくにとっては残酷だ　朝になったら下っ端だから〉。それでも、同じような境遇の人々に向けるまなざしはあくまで温かい。〈牛丼屋頑張っているきみがいてきみの頑張り時給以上だ〉

歌集にご両親が寄せた文章によれば、学校でも職場でも悩み続けた彼にとって、詠むことは「生きる希望」そのものだった。〈抑圧されたままでいるなよ　ぼくたちは三十一文字で鳥になるのだ〉。社会のひずみを鋭敏に感じとり、伸びやかな言葉をつむいだ。

きょうは勤労感謝の日。コロナの収束は見通せず、解雇や雇い止めの嵐が吹きやむ兆しもない。〈今日という日を懸命に生きてゆく蟻《あり》であっても僕であっても〉。残された295首の魂の叫びを胸に刻む。

もてなしの宴　11・24

愛知県警を担当した記者に語り継がれる事件がある。参院選で、みそ煮込みうどんなど計2万円相当を有権者にふるまったとしてある陣営が摘発された。東海地方で育った筆者にはなじみのご当地麺ゆえ、「みそ煮込みで選挙違反か」と驚いた。

もう10年も前の事件だ。当時の記事を見ると、うどん接待を受けたのは有権者13人で、1人あたり千数百円。逮捕された県議は議員バッジを返上し、罰金を納めた。

こちらは有権者1人あたりいったいいくらに相当するのか。安倍晋三前首相の後援会が「桜を見る会」前夜に開いた夕食の宴《うたげ》である。告発を受けた東京地検が秘書らを聴取した。

会場は高級ホテル内の「鶴の間」「鳳凰《ほうおう》の間」「宴会場ギャラクシー」など。告発状の通りなら、800人ほどの後援会員らが各自数千円の値引きを受けていたことになる。計7年分を前首相側が肩代わりしたとすれば、かなりの額になろう。「一見《いちげん》の方とは違い信用できる客だったから」。前首相は国会で安値のわけを堂々と語った。

「うそをついても人は信じる。ただ権威をもって語れ」。皮肉屋として知られた文豪チェーホフの言葉である。辞任表明から3カ月、国会で疑惑を否定した前首相の声は耳に残る。

政治家が支援者をもてなして騒ぎに至った例は多々ある。カニ、メロン、似顔絵入りうちわ、肖像写真付きのワイン。閣僚辞任や議員辞職に追い込まれた人もいる。ことここに至れば、自身の言葉で真相を語っていただくほかあるまい。

アユの里で　11・25

熊本県南部を流れる球磨《くま》川はアユの生息地として知られる。急流育ちは筋肉質で、体長30センチ超の「尺アユ」も珍しくない。だが今年はまるで釣れない。7月の豪雨で流されてしまったからだ。

「網にかかっても数匹、みな小さい。エサの藻やコケがやられ、残った魚も育ちようがありません」。そう話すのは八代市坂本町の森下政孝さん(79)。高齢化の進む地元に活気を取り戻そうと、3年前、アユ料理店「食処さかもと鮎《あゆ》やな」を開いた。

夏と秋の限定で、住民が交代で切り盛りする。県外からもバスが次々に着き、昨季は念願の黒字化を果たす。ところが今年はコロナ禍で店を開けず、豪雨は店のテーブルまで押し流した。

ただ一つ、店に戻ってきた物がある。店名を大書したスギ材の看板だ。川から八代海へ押し出され、20キロも先の天草の島に漂着した。流木回収中の島民が見つけ、翌月ほぼ無傷で再び店に。

「コロナと水害のダブルパンチに参っていましたが、よしもう1回がんばろうと思いました」

流域を歩くと、氾濫《はんらん》の跡はなお生々しい。川岸にショベルの音が響き、壁や床のない家々が心細げに立ちすくむ。さらにダム建設をめぐって賛否が対立する兆しもある。人命と清流をともに守り抜く治水の決め手はないものか。

訪れた日、川面は晩秋の陽光に輝いていた。奇跡の看板は畳半分ほどの大きさで、墨痕《ぼっこん》もそのまま。持ち上げると両手にズシリと重い。店の片隅に置かれ、人々がアユ料理に再び舌鼓を打つ日を待つ。

コロナ遺産　11・26

政府が全世帯に配ったいわゆる「アベノマスク」と、思わぬところで再会した。福島県立博物館の倉庫だ。収められていた白い箱には「新型コロナウイルス感染症関係資料」の文字。博物館では2月末から身近な資料を収集してきた。

箱には、美術展中止の案内はがき、疫病よけの妖怪アマビエの新作だるま。地元の酒蔵が急きょ製造した消毒用アルコール入りの酒瓶もある。学芸員の筑波匡介《ただすけ》さん(47)は「人の証言は時間とともに変わっても、モノは変わりませんから」と話す。

きっかけの一つは、大正期に流行したスペイン風邪の体系立った資料がなかったこと。たった

100年前なのに確かなことがわからない。東日本大震災以降、数々の「震災遺産」を集めてきた経験をコロナ禍にも生かした。

ただちにコロナ企画展を開く予定はない。「100年後、200年後、あるいはもっと先の人が分析できるように。いまは色々と残しておくことが必要です」。同じような取り組みはほかの博物館や大学でも進む。

実を言えば、筆者にも捨てられない1枚のチラシがある。春の緊急事態宣言のさなか、近所のスーパーが配ったものだ。「マスク着用」「少人数での来店」を呼びかける。いま見ても、あのころの店員さんたちの疲れ切った表情が浮かぶ。

「歴史とは明確にされた経験である」と米詩人ローウェルは記した。モノが鮮明に伝える時代の空気。わたしたちの経験は、1世紀、2世紀後のコロナ回顧展でどう語られるのだろう。

矢口高雄さん逝く　11・27

レスラーまがいの覆面をつけて連戦連勝する力士「無敵」。漫画家矢口高雄さんが銀行員時代に描いた第1作の主人公だ。漫画誌に投稿するもボツに。理由を尋ねると編集長は「絵が下手だから」。すっかり自信を失ったという。

奥羽山脈に抱かれた秋田県の旧西成瀬村生まれ。釣りと漫画が好きだった。中学卒業時、東京のブラシ工場への集団就職が内定したが、恩師が両親を説得してくれて高校へ。卒業して地元の銀行に職を得る。

辞表を出したのは30歳の春。幼い娘が2人いた。周囲の反対を押し切って上京、多摩川に近い部屋を借りて描き始めたが、不安は尽きない。「妻子を養えるか」「銀行に残ればよかった」。毛布にくるまって泣いたという。

訃報《ふほう》に接し、代表作『釣りキチ三平』を四十数年ぶりに読み直した。天衣無縫の少年が世界の川や海に挑む。さおのしなり、きらめく水面。どの絵にも心が通い、少しも古びていない。『マタギ』や『おらが村』では、東北の山村を舞台に厳しい自然を描いた。

「どんどん道草を食おう」「寄り道をしよう」。講演ではそう語りかけた。自身、学校帰りに虫を採り、野の草や実をかじった経験が財産になったという。「すぐ漫画家にならず、銀行に勤めたのもよかった」とも語った。

「雪深い秋田の農家に生まれ」。永田町あたりでそんな名乗りを聞いたばかりだが、矢口さんも正真正銘のその一人。ボツや挫折、不安をすべて肥やしにして、50年に及ぶ画業を豊かに結実させた。

＊11月20日死去、81歳

イチョウの杜を歩く　11・28

全米図書賞を翻訳部門で受賞した柳美里さんの小説『JR上野駅公園口』の主人公は、昭和一桁生まれのカズさん。高度成長期に福島県から出稼ぎで上京した男の切ない生涯を通して、社会のひずみを描く。

印象的なのは秋の上野公園の風景である。園内で寝起きする主人公は、この時期、日銭稼ぎに銀杏《ぎんなん》を拾う。四季など忘れて暮らしているのに、光の使者のようなイチョウの黄葉には心を奪われる。

読み終えて久々に上野を歩いた。イチョウの見ごろはまさにこれから。全身を黄色に染めた木が午後の日差しを浴びる姿は神々しい。樹下は黄色のじゅうたんを敷き詰めたよう。無数の銀杏が足元に転がっていた。

見上げるばかりの大木に寄ってよく見ると、幹には割れた跡やウロがある。いわゆる「戦災木」だろう。大戦末期に空襲を受けたか、あるいは戊辰《ぼしん》の昔に浴びた砲火の跡か。かつてこの一帯を寺領とした寛永寺に尋ねてみると、江戸時代には防火林としてイチョウが植えられたという。

柳さんの小説が描き出すのは、真面目一筋ながら長男と妻に先立たれ、気力を失う男の悲哀である。自分の努力だけではどうにもならないコロナ禍のいま読むと、息苦しいほどの現実味がある。

〈妻子《つまこ》率《い》て公孫樹《いちょう》のもみぢ仰ぐかな過去世・来世にこの妻子無く〉高野公彦。イチョウには樹齢１２００年と伝えられる長命な木もある。一木一木がそれぞれどんな人生の光と影を目撃してきたか。木々の年輪を推し量りつつ思いをめぐらせた。

ヒット商品「再放送」 11・29

毎年この時期に、その年の商品や出来事を振り返る「ヒット商品番付」なるものが発表される。今年、ＳＭＢＣコンサルティングが東西の横綱に選んだのは「オンライン生活」「感染予防グッズ」と、順当なところだ。へえと思ったのは西前頭2枚目の「再放送・再上映」である。

コロナ下の撮影自粛により、往年のドラマがテレビでよく流れていた。映画館でもリバイバル上映がなされた。若い世代の心を動かし、予想以上の人気となった作品もあったようだ。

いわんや昔のファンをや。25年前のドラマ「愛していると言ってくれ」の再放送を楽しんだ人の声が紙面にあった。「ドラマの中に入っていく私はおばさんではなく、紘子さんになっていました」。紘子さんとは常盤貴子さん演じる俳優の卵。聴覚障害者の画家と恋に落ちる。

かくいう私も中学時代に熱中したアニメ「未来少年コナン」に、約40年ぶりに心を奪われた。最終戦争により文明が破壊された後の世界で、少年が冒険を続ける。昔ほどは主人公に自分を重ねられなかったが。

むしろコナンの育ての親の「おじい」に感情移入している自分に気づく。悪役で、科学都市の政治指導者レプカの気持ちも少し考えてみた。政治を担う身としては、人々を飢えさせるわけにはいかない。そんな責任感が暴走した面もあるのか……見ていない人、ごめんなさい。

ドラマやアニメ、あるいは小説であっても再会には再発見の楽しみが伴う。コロナが、いやコナンが教えてくれた。

ハンマーの季節　11・30

新型コロナウイルスへの構えとして「ハンマー&ダンス」という言葉がある。米国発の言い回しのようで、移動制限などの強力な対策を、ハンマーを打ち下ろすことに例えた。ウイルスをガツンとたたく感じだ。

それで感染が少し落ち着いたら、感染防止と社会経済活動を両立させていく。言わばウイルスとダンスをするようなものである。この冬、日本はどうやらダンスの季節が終わり、再びハンマーの出番となった。

東京や大阪、名古屋などで飲食店の店じまいが早くなった。ＧｏＴｏトラベルやイートも見直しが進む。「我慢の３週間」と言われるが、今の対策で必ず収まるという確信は誰にもないだろう。それでも第１波よりましな点はあり、マスクが出回り、その効果も研究により裏付けられてきた。新型コロナの分科会は提言で、会食に警告を発する一方、仕事や学校の授業、病院の受診など「感染拡大リスクの低い活動を制限する必要はない」と述べた。

気になるのは医療体制だ。例えば東京都では重症者用に確保されたベッドは１５０床というが「実際に使えるのは半分ぐらい」との指摘が一昨日の紙面にあった。ダンスの季節に、体制強化は十分になされなかったのか。ＧｏＴｏなどに公金が回りすぎたのか。

米国の古いフォークソング「天使のハンマー」を思い出す。〈もし私にハンマーがあれば朝に晩に打ち鳴らす〉〈危険を知らせ警告を発する〉。自分の生活に自分で警鐘を鳴らす。心のハンマーも手放せない。

2020

12
月

欄干のない橋　12・1

目の不自由な人にとって、鉄道のホームというのは「欄干のない橋」だ。よく言われる例えである。そんな怖い橋を杖だけに頼って歩く。ひんぱんに列車が来る駅であれば、危険さは橋どころではないかもしれない。

痛ましい事故がまた起きてしまった。おととい東京都内の地下鉄の駅で、視覚障害のある男性がホームから転落し、電車にはねられ亡くなった。ホームドアがすでに設けられ、あと3カ月ほどで運用が始まるところだったという。

線路に落ちるのを防ぐホームドアの設置は多くの会社が取り組んでいるものの、鉄道全体としてはまだ道半ばである。設備に全てを頼るわけにはいかない。

鉄道は身近ゆえ、大事故の報道に触れるたびに自分がその場にいたらと考える。かつて東京の新大久保駅で転落した人を助けようとした人が亡くなった時には、自分にはそんな勇気はないだろうと思った。では白い杖をついている人を目で追うことは。手助けできることはないかと近寄っていくことは。

2020・12月

駅員のいない無人駅も全国で増えており、誰もが使いやすい鉄道という課題は重みを増している。作家の乙武洋匡《ひろただ》さんがロンドンでの経験を本紙で語っていた。エレベーターのない駅では市民が何度も手を貸してくれたという。「車いすの人が困っていたら手伝うのは、財布を落とした人に駆け寄って届けるのと同じ感覚のようでした」

周りに人がたくさんいても誰からも注意を払われなければ、その瞬間そこは「無人の駅」になる。

エチオピアの軍事衝突　12・2

米国の大統領だったオバマ氏がノーベル平和賞に選ばれたとき、世界各地からの反応を紙面に載せるべく外電を探したことがある。褒めそやす言葉ばかりのなか、ポーランドのワレサ氏だけは違った。

自主管理労組「連帯」を率いた抵抗運動が評価され、かつて平和賞を受けたその人の言葉は「早すぎる。彼はまだ何もしていないじゃないか」。オバマ氏の受賞理由は「核なき世界」を目指す理念と取り組みだったが、結局尻すぼみとなり、ワレサ氏の危惧は的中した。

ノーベル各賞のなかで、平和賞はときに失望がついて回る。軟禁の身で賞に選ばれ、民主化の星だったアウンサンスーチー氏がミャンマーの政権に就いた後もそうだった。彼女の政権下で起きたロヒンギャ迫害は、まれに見る人道危機となった。

エチオピアでいま起きている事態も同じである。この国の政府と、北部の政党ティグレ人民解放戦線との間で軍事衝突が続いており、民間人も含めて数千人が犠牲になったと報じられる。政府を率いるのが、昨年の平和賞を受けたアビー首相である。

隣国エリトリアとの紛争を解決した功績が認められての受賞だった。その際の彼の演説はいまとなってはむなしさを感じるばかりだ。「戦争を美化しようとする人がいるが、戦争は関わる人全員にとって地獄の縮図だ」

アビー首相の強硬姿勢が、この地に地獄の縮図をもたらしているのではないか。平和を後押ししようとする賞が空回りする。そんな音が、聞こえるようだ。

太陽の置き土産　12・3

谷川俊太郎さんの文と大橋歩《あゆみ》さんの絵による絵本『これはおひさま』を開くと、真っ赤な太陽が現れる。さらにめくると緑が広がり「これはおひさまのしたのむぎばたけ」の文がある。麦の穂の絵には「これはおひさまのしたのむぎばたけでとれたこむぎ」。「これはおひさまのしたのむぎばたけでとれたこむぎをこなにしたこむぎこをこねてやいたぱんをたべるあっちゃん」。赤いほっぺの子どもがかじるパンは、太陽の恵みがなければ存在しない。

今年は秋に好天が続いたため、野菜がすくすく育ったと聞く。きのう近所の直売所で買った大根はいつになく立派だった。全国的に値段も下がっているようで、農林水産省によると最近の小売価格は、白菜やキャベツが平年より4割ほど、大根が3割ほど安いという。

ようやく師走らしい寒さになってきた。「晩ご飯、何にしよう」という問いに、答えが出しやすい季節でもある。〈又例の寄鍋にてもいたすべし〉高浜虚子。鍋物をどうぞと言うかのように野菜がお手頃になっているのは、秋のおひさまの置き土産なのだろう。

師走らしいといえば、さて今年はどこまで師走らしいことができるだろう。忘年会、クリスマスパーティー、大みそか。12月という月になぜかあたたかい印象があるのは、人に会う、人が集まる機会が多いためだったと改めて思う。

「直箸《じかばし》でいきましょう」。鍋を囲んで、そんな言葉が気軽に言える。来年のいまごろは、当たり前の日々が戻っているだろうか。

スウェーデンの作家リンドグレーンは『長くつ下のピッピ』などの児童文学で知られるが、世に残したのはそれだけではない。家畜を屋内に閉じ込める残酷な飼い方をやめるように主張し、政府に法規制をさせることに貢献した。

こうした考え方は「アニマルウェルフェア（動物福祉）」と呼ばれ、欧米で広がっている。環境ジャーナリスト枝広淳子さんの著書によると、日本での採卵鶏の飼い方も問題だという。積み重ねた狭い鳥かご（ケージ）に詰め込み、とにかくエサを与えるやり方がほとんどで、鶏に大きなストレスを与えている（『アニマルウェルフェアとは何か』）。国際基準作りも進んでおり、日本のケージ飼育に対しては批判がある。

500万円授受の疑惑　12・4

どうもそんな話の延長線上にあるのが、吉川貴盛・元農林水産相の現金授受疑惑のようだ。大臣在任中に、大手鶏卵生産会社の前代表が3回にわたり計500万円を提供した疑いが浮上している。国際基準で日本の業者が不利にならぬよう政府に対応を求めたという。

現金は大臣室やホテルで2人きりの時に渡したようだ。前代表は違法性を認識しながらも「私心ではなく、業界を少しでも良くしようという気持ちだった」と話しているらしい。業界の主張に理があると考えるなら、関係者を説得するのが筋である。密室に囲い込み、現金を差し出すのではなく。

吉川氏は事務所を通じてコメントを出したが、疑惑についての説明はなかった。堅い殻の中に閉じこもっているかのようだ。

エアチェックという言葉　12・5

エアチェックという言葉になじみがあるのは、中年以上の方か。ラジカセの前に陣取り、ＦＭ放送でお目当ての曲が流れるのを待って録音ボタンを押す。やり直しのきかない一発勝負であり、緊張する瞬間だった。

エアすなわち空気中に送られる電波ではなく、インターネット経由でラジオを楽しむ時代になった。日本の各局が聞ける「ラジコ」が本格的に始まってから今月でもう10年という。逃した番組も後で聞けるのだからエアチェックは遠くなりにけりである。

インターネットラジオが面白いのは空間も飛び越え、海外の放送局が楽しめることだ。旅先にいる気分が味わえると、作家の江國香織さんがエッセー集『旅ドロップ』で書いていた。北欧の局でもスペインの局でも、聞けば部屋の空気がその国に変わる。

いちばんよく聞くのはニューヨークの局だという。英語が分からなくても「グッドモーニング」と言われれば、夕方なのに朝のコーヒーが匂うような気がする。テレビは画面の中だけのことだが、「音は融通無碍《むげ》だ。目に見えないから、部屋じゅうに漂う」。

ラジオが一家に1台の頃は家族団欒《だんらん》の中心にあり、やがて一人で聞く時代になった。一時はテレビに圧倒されたが、今はコロナで在宅が増え、見直されているらしい。人の声と音楽に触れたくなるのは人間の基本的な欲求かもしれない。

当方はネットラジオも聞くが、AMのくぐもった音も好きである。AM放送廃止の議論が進むのが、さみしくて仕方がない。

獄中に34年　12・6

「犯人十九日目に捕《と》わる　金につまった青年のしわざ」。占領下の1949（昭和24）年1月、そんな見出しが九州の地元紙に踊った。記事の脇の写真を見ると、ひとりの若者がうなだれている。

前年の暮れ、熊本県人吉市内で起きた一家殺傷事件で逮捕された免田栄さんである。後年の獄中記によれば、取り調べは過酷だった。「一升瓶で頭を割ってやる」と脅され、自白に追い込まれる。死刑確定後、6度目の再審請求でアリバイが認められ無罪に。23歳だった青年は57歳になっていた。

長く取材した同僚に語ったところによると、拘置所で見送った死刑囚は70人を数えた。「執行がある日の朝は異様ですけんね。床に針を落としただけで聞こえるほど静か。そこにドドッと（刑務官らが）来て、独房がガチャンと開く」。次は自分かという恐怖におびえ続けた。

無罪を勝ち取って初めて飛行機に乗った日はシートベルトの着け方がわからず困った。困らなかったのはカラオケ。拘置所内のスピーカーから毎夜、演歌が大音量で流れ、歌詞を覚えたからだ。

過酷な体験を踏まえ、同じ境遇にある確定囚たちへの支援を惜しまなかった。「日本の人権は虹みたいなもの。遠目には美しいが、実体はないに等しい」。そう訴えた免田さんが亡くなった。冤罪《えんざい》の獄に1万2599日。人生の3分の1、最も輝くべき時である。鳴らし続けた警鐘は、ともすればいまでも「お上は常に正しい」式の思考に陥りがちな私たちにも向けられていた。
＊12月5日死去、95歳

かさぶたワクチン　12・7

いつになったらワクチンは届くのか。接種が始まるのはいつか……。いまの私たちの心境ではない。170余年前、天然痘予防ワクチン（牛痘苗《ぎゅうとうびょう》）の輸入を長年待ち続けた佐賀鍋島藩の蘭方《らんぽう》医、楢林宗建《ならばやしそうけん》の心境である。

中山哲夫・北里大特任教授(70)によれば、鎖国下ではあったが、牛由来の天然痘予防法が英国で確立されたとの報は日本にも届いていた。ただ液状の痘苗は暑く長い船旅に耐えられない。宗建は「液状ではなく、かさぶた状を」と要請。かさぶたの中ならワクチンとしての効き目が長く保たれると考えた。

宗建はわが息子の腕に接種を試みる。1849年夏のことだ。「えたいの知れぬ物を打たれたら牛になってしまう」。そんな抵抗も起きたが、腕から腕へと植え継がれ、天然痘撲滅に道を開いた。

新型コロナでもワクチンの実用化がいよいよ現実味を帯びてきた。米製薬大手が開発したワクチンの接種が英国で今週始まるそうだ。日本でもいずれ同じ製品が供給される予定だ。

収束への道筋がなお見通せない中、ワクチンにすがりたい気持ちが日ごとに強まる。それでも救世主のごとくもてはやす風潮には不安も覚える。逼迫《ひっぱく》した医療、経済、五輪の開催が一挙に解決するのだろうか。

世界保健機関（WHO）幹部が先週語った言葉が胸にある。「ワクチンはコロナゼロを意味しない。強力な手段だが、それだけでは十分じゃない」。かの宗建にならい辛抱強く待ちながら、きょうもわが手指を念入りに洗うとする。

手洗いは念入りに　12・8

「お願いカメさん　お山オオカミ　バイクつかまえた！」。札幌市のある幼稚園でこの冬、園児が元気に唱えるおまじないだ。大人が読むとちんぷんかんぷん。実はこれ、感染症予防に効く手洗いのコツを要約している。

まずは左右の手のひらを合わせたお願いポーズでゴシゴシ。カメの甲を洗うように手の甲をジャブジャブ。お山は指の間、オオカミは爪の先、バイクは親指を洗う手の形。「つかまえた！」でグリグリと手首を洗う。

花王がCM用に作った歌詞がもと。公衆衛生学が専門の大浦麻絵《あさえ》・札幌医科大講師(46)が、幼稚園や保育園に紹介してきた。手洗い教育に取り組み始めたのは3年前だが、今年は講演や授業の依頼が増えたという。

「外気も水道水も冷たい北海道では、大人でも手洗いが雑になりがち」と大浦さん。まずは子ども世代に習慣を身につけてもらい、それが親や祖父母の世代へと広まることを願う。

そんな思いから大浦さんたちが作ったクイズ動画を見せてもらう。「手洗いはたとえ流水だけでも効果がある。◯か×か」。大勢の子どもたちが出演し、プロ野球公式戦に合わせて、札幌ドームの大型ビジョンで上映した(正解は◯)。答えに迷う難問もあり、手洗いの道は奥が深い。

中国当局によると、新型コロナの最初の発症が確認されたのは昨年の12月8日。きょうで1年となる。今年は世界75億人の「手洗い元年」と言うべきか。わが手洗いの流儀は園児らの念入りさには遠く及ばない。落第だった。

罪の声　12・9

10歳だった少年は、友達と下校中に見知らぬ男から声をかけられる。「大学で音声の研究をしている。協力してくれないかな」。自分だけがマイクを持たされ、文章を読まされたことをいまでも覚えている。

小説のような話だが、彼がつらい記憶を取材に明かしてくれた。声を採取したのは警察官。小学校の担任にも接触し、「少年の声は脅迫の声と一致するか」と尋ねている。昭和最大の未解決犯罪といわれるグリコ・森永事件の捜査だった。

１９８０年代、「かい人21面相」を名乗る犯人が毒物入りのお菓子を店頭に置き、食品企業を次々に脅迫。その音声には幼い子どもの声が使われた。

公開中の映画「罪の声」は、20年前に時効を迎えたこの事件がモチーフだ。脅迫テープの声の主たちが送ったその後の人生を星野源さんらが熱演。大人の身勝手によって声という罪を背負わされた苦悩に胸が締めつけられる。

もちろん冒頭の少年は疑われただけだ。だが、噂《うわさ》は小さな町を駆けめぐり、「犯人一味では」との視線が突き刺さった。いじめもあって登校できなくなり、10代で海外へ飛び出す。あれから36年。いまは父親となって、関西地方で小さな会社を切り盛りしている。

「自らの境遇を他人のせいにするのは『逃げ』なんよ。それにキツネ目の男とか身近におらんかったしなぁ」。取材中の屈託のない笑顔に救われた。人生に時効なんてない。疑われた子も地道に懸命に生きている。本当のテープの子だってそうあってほしい。

かやぶきの里で　12・10

日が差すと屋根は黄金色に輝き、日が沈めば茶色から黒へと移りゆく。京都の「かやぶきの里」として知られる南丹市美山町を訪ねた。かやぶき家屋に都会から移り住んだ若者に住み心地を聞くためだ。

大阪府摂津市出身の富田祐紀《ゆうき》さん(25)。「コロナ禍でも換気する必要がない。一日中、風が家を通り抜けます」。大学で建築設計を学び、卒業後、美山町内のかやぶき専門の会社で3年余り修業。屋根をふくだけでなく住んでみたいと思ったという。

暮らしてみて彼女が気づいたのは、家全体が盛んに呼吸すること。屋根はもちろん柱も床板も植物由来で、コンクリートとは空気感がまるで違う。「雨、雪、暑さにも強い。弱点は火と風ですね」

かやぶきの家並みは前世紀の初めまで日本各地でみられた。都市化の波を浴びその数は激減。かや場も職人も限られ、かつては住民の共同作業で済んだふき替えに何百万円もかかるように。富田さんの家も25年ほど空き家で、長くふき替えられずにきた。

そんなかやぶきの世界に久々の朗報が届いた。来週、パリで開かれるユネスコの会議で無形文化遺産に登録される見通しになった。漆塗りや畳作りとともに木造建築の技術として国際社会に認められることになる。

取材当日、美山は雨だった。雨脚が強まっても、屋内ではザーザーと聞こえない。ポタポタと軒先からしたたる音が耳にやさしい。景観の美しさ以上に、住まう場としての魅力を垣間見た。未来へ残したい建築様式である。

俵万智さんの1年　12・11

今秋刊行された俵万智さんの歌集『未来のサイズ』にこんな一首がある。〈人と会う約束、仕事、なくなりて静かな三月、四月、来月〉。収載歌を読むうち、コロナ、コロナで明け暮れた日々がよみがえった。

〈スーパーの開店前に人多し裏をかけない私も並ぶ〉。思い返せば、たしかに買い物に行くことが春先はまるで冒険旅行だった。マスクが売り切れ、トイレットペーパーが消える。大勢が同じ不安に陥ったとき、いかに不合理な消費行動が起きるかを学んだ。

俵さん自身、ずっと宮崎市内の家で息を潜めるように暮らしたと話す。「気の向いたときに買い物に行けること、友だちと店で落ち合って気軽に話すこと。そういう日常が実はとても幸せだったと気づきました」

仕事も一変したと言い、会合や講演はなくなった。〈外出というにあらねど化粧してメガネをはずすパソコンの前〉。離れて暮らす両親のもとに帰ることもままならない。〈会わぬのが親孝行となる日々に藤井聡太の切り抜き送る〉。父君が将棋好きとのこと。

コロナを詠んだ歌は全59首。日記のような私信のような歌境に浸って思うのは、人々が同じ不安に揺さぶられた2020年の特異さである。小欄もウイルスの話題を避けようにも避けられない局面が続いた。

きのうもまた過去最多の感染者数が報じられた。年の区切りの師走がいっこうに師走らしくならない。世界中がなお途方に暮れるいまこのときを、歌人は三十一《みそひと》文字でどう切り取るのだろう。

介護の逼迫　12・12

今年もあと20日ほど。ふだんなら帰省を準備する時期だが、様相がまるで違う。お盆に続いて、年末年始も、地方に住む高齢のわが親を訪ねるかどうかギリギリまで悩んだ。

介護の現場では今年、「2週間ルール」が問題となった。聞き慣れない言葉だが、感染拡大地域から親族が帰省した場合、以後2週間は訪問介護や施設利用を停止するという内々の申し合わせだ。遠距離介護を支えるNPO「パオッコ」理事長の太田差恵子さんによると、こうした措置が一時期、多くの施設で導入されたという。

パオッコに寄せられた相談内容を聞くと身につまされる。たとえば「首都圏の方は入館お断り」という施設の貼り紙。あるいは機器が苦手でオンライン対話をいやがる親。半年あまり帰省を控えた間に認知症が進み、昼夜かまわず電話をかけるようになった高齢者もいるそうだ。

施設の側も悩み続けた1年だった。検温や消毒に努めても万全との保証はない。集団感染の不安と常に背中合わせの日々。重症化リスクの高いお年寄りたちを守るための奮闘が続く。

介護の現場に限らず、各地で医療がまさに逼迫《ひっぱく》している。政府の感染症対策分科会はきのう、「帰省は慎重に」「年末年始は静かに過ごして」と呼びかけた。高齢者のがんばりに若い世代の思いやりを重ねなければ乗り切れぬ年の瀬である。

医療や介護の最前線に立つ人々の熱意と踏ん張りには改めて頭が下がる。今冬はやはり帰省を見送り、電話と手紙の機会を増やそうか。

フェイスブックを提訴　12・13

ハーバード大学関係者のみなさんのために、ザ・フェイスブックをオープンしました。大学の人々を検索する、誰がどのクラスの同級生かを調べるなどの機能があります――。2004年、米国でフェイスブックが誕生した時の呼びかけである（カークパトリック著『フェイスブック若き天才の野望』）。

2年生だったザッカーバーグ氏が学内の交友のために始めたサービスが、瞬く間に大学の外へ、世界へと広がった。いまやグループ全体の利用者は32億人である。そしてその巨大さが問題を引き起こしている。

反トラスト法（独占禁止法）に違反するとして、米当局がフェイスブックを提訴した。写真投稿アプリ「インスタグラム」や、メッセージアプリ「ワッツアップ」を買収したことが、ライバルをのみ込んで競争を阻む行為だと非難している。

独占企業の最大の問題は価格のつり上げだが、無料のサービスでは起こらない。それでも見えない不利益があるという批判が高まっている。消費者の選択肢が失われ、個人情報が独占される。

その情報の保護も甘くなっているとの指摘があり、４年前の米大統領選では情報が流出し悪用された。「ただより高いものはない」の諺《ことわざ》は、後で見返りを求められる恐れをいう。見返りが情報の独占で、保護が十分でないとすれば「ただより怖いものはない」。

ネットの世界では利用者の多さが、さらなる利用者を呼ぶ。そんな勝者総取りのすごさと危うさを示すフェイスブック問題である。

デジタル相の紙提出　12・15

「紺屋の白袴《しろばかま》」に「医者の不養生」。他人の世話ばかり焼いて自分のことができない例えは色々ある。デジタル改革相の平井卓也氏にも言えるのではないか。政治資金収支報告書はオンラインで提出するよう努力義務が課されているが、平井氏は紙で出していた。

自民党きってのデジタル通にしてそうなのだから、他は推して知るべしである。国会議員が関係する政治団体のうち、オンラインで提出したのは１・13％にとどまる。そんな記事が先日の社会面にあった。

世界最先端のＩＴ国家をめざすというかけ声の下、15年前に導入された仕組みである。システム整備のため計36億円が投じられている。「使い勝手が悪い」との声もあるようだが、長いあいだ問題点の指摘も改善もきちんとなされぬまま、税金が浪費された。

デジタル化が看板の菅政権としては恥ずかしい話だろう。挽回《ばんかい》するため、一歩先の手を検討してはどうか。政治資金のキャッシュレス化である。経済産業省の官僚だった古賀茂明氏が昨年の週刊朝日で提案していた。

政治献金では現金の手渡しを禁止し、使う際もキャッシュレス決済に限定する。こうして1円単位まで記録されたものをネット上で公開する案である。なるほどこれなら政治家の会食費用まで、誰でも簡単に調べられる。

桜を見る会の夕食会にしても、安倍晋三氏側による資金の補塡《ほてん》が難なく判明したのではないか。政界のオンライン嫌いは、透明性を嫌う気持ちとつながっているのかもしれない。

補助金行政　12・16

「補助金は、ときの政権にとって、使いやすい統治の手段である」。朝日新聞の政治記者だった広瀬道貞氏が著した『補助金と政権党』はそんな書き出しで始まる。「政府はうしろの方にいて補助金のひもを締めたりゆるめたりしながら、相手を思う方向に誘導していく」

法律や通達のように権力がぎらつくことがないという点も指摘し、補助金の本質を突いている。1980年代に出た同書は農業や公共事業の補助金がいかに肥大化し、削減が難しくなっているかを分析する。

時代は移り、全国民向けの「旅行補助金」すなわちＧｏＴｏトラベルも、人々をうまく誘導したようだ。事業に一定の意味があったと思うのは、一時は県境を越えた移動が全て悪であるかのような行き過ぎがあったからだ。

それを解消した時点でＧｏＴｏは役割を終えたのではないか。弱点も明らかになっており、感染対策には臨機応変さが必要なのに、停止すると多額のキャンセル料が発生する。それをまた税金で穴埋めするというばかばかしさである。

そもそも旅行する余裕のない人は恩恵にあずかれない。医療現場でコロナと闘い、感染への警戒から移動を控えている人には不公平以外の何物でもないだろう。

今回のＧｏＴｏトラベルの停止を大きな政治決断とする向きもあるが、とんでもない。税金を使ってまで旅行を促す補助金行政を一時的に止めたにすぎない。感染第3波にどう立ち向かうのか。菅首相から中身のある言葉をまだ聞いていない。

しばれる、さんび……　12・17

標準語で「寒い」というよりも、それぞれのお国言葉を口にするほうが寒さが身に迫ってくる。そう感じるのは筆者だけだろうか。東北では広く「しばれる」が言われ、秋田には「さんび」の言葉がある。新潟は「さーめ」である。

この冬いちばんの寒気が日本列島を覆っている。いつもより早めのドカ雪に、早めの雪下ろし。秋田や新潟などから届くニュースに、映像では分からないであろう苦労を思う。

江戸時代、雪国を全く知らぬ人々に実情を伝えようとしたのが越後の文人鈴木牧之《ぼくし》であり、世に送った書物が『北越雪譜』である。構想から40年にして江戸で出版にこぎつけるまでの経緯が、近刊『雪国を江戸で読む』（森山武著）にある。

支援を頼った著名文人が次々と亡くなるなど不運が重なった。出版が決まってからも苦労はあり、方言がわかりにくいと注文がついた。労作を開くと、地元言葉が丁寧にちりばめられている。例えば雪は払うというような生易しいものではなく「雪掘《ゆきほり》」という。

その雪を空き地に積み上げるのが「掘揚《ほりあげ》」だと知れば、降雪の多さを感じる。かんじきをはいて雪中を歩くのは「雪を漕《こ》ぐ」。実感のこもった筆致は江戸の人々の関心を引いたようで、よく売れた。各地の気象に思いをはせるのは、今も昔も変わらない。

〈朝戸繰りどこも見ず唯冬を見し〉原石鼎《せきてい》。雪国でなくても、朝起きて雨戸を開ける瞬間、少し覚悟がいるようになった。きょうも冬型の気圧配置が続くという。どうかご自愛を。

惑星検疫　12・18

宇宙から危険な病原菌がもたらされる。そんな主題を扱ったSFの中で、マイクル・クライトンの『アンドロメダ病原体』は古典といっていいだろう。米国の小さな田舎町が、人工衛星の落下により壊滅する。付着していた菌が人々を死に至らしめた。

感染防止策を探るため、最高水準の科学者とコンピューターが投入される。コロナ禍で注目された小説の一つでもある。宇宙の微生物の心配などSFの中だけの話と思っていたら、どうも違うらしい。宇宙開発の世界に「惑星検疫」という考え方があると最近知った。

伝染病予防のため、人や動植物を検査するのが通常の検疫。惑星検疫は、地球上の微生物を持ち出して他の惑星を汚染しない、あるいは他の星から地球に持ち込ませないのが狙いだ。安全性を評価する国際的な組織もある。

「はやぶさ2」が小惑星リュウグウから持ち帰った物質はどうかというと、生物がいる可能性がないため問題ないらしい。絶対にそうかとSF好きは考えたくなるが素人談義だろう。

はやぶさ2のカプセルを開封したところ、小さじ1杯の黒い砂が存在した。専門家に言わせれば「どっさり」の量で、有機物が含まれているのかどうか、これから科学者たちが調べる。

生命の起源となる有機物は、宇宙から隕石《いんせき》などで運ばれた。そんな説もはやぶさのニュースを追う中で学んだ。検疫など関係なく、惑星と惑星との間の交通のなかで命が生まれたと想像すると興味深い。調査結果を気長に待ちたい。

黒人リーグという汚点　12・19

ジャッキー・ロビンソンが黒人で初めて大リーグにデビューしたのが1947年だ。ではそれまで黒人選手はどうしていたかというと、黒人だけのリーグしか出場を許されなかった。ニグロリーグという差別的な名がついていた。

大リーグとの非公式試合もあり、相当の実力だったようだ。ノンフィクション作家佐山和夫さんが、黒人リーグの名投手サチェル・ペイジの言葉を紹介している。「私にとって、黒人チームが白人チームに勝つことは、ニュースでも何でもない。黒人リーグの方が上だからだ」

「黒いベーブ・ルース」と呼ばれた打者ジョシュ・ギブソンは、ルースより多くの本塁打を放ったという（『史上最高の投手はだれか』）。黒人選手を隅に追いやってきた過去は、米球界の汚点だろう。

それを少しでも挽回《ばんかい》しようという動きである。１９２０年から48年までの黒人リーグの選手と成績を大リーグの歴史に加えるという方針が発表された。約３４００人が「大リーガー」として扱われる。

大リーグ機構の発表には反省の言葉が並ぶ。長年見過ごしてきた。認定が遅れた……。「野球を愛する者なら知っている。黒人リーグは不当な扱いをされながらも、優秀な選手を輩出してきた」とはコミッショナーの談話だ。

民主主義を掲げながらも、少し皮をめくると差別が顔をのぞかせるのが米国社会である。大リーグの決断は遅すぎたに違いない。それでも差別を憎む気持ちは地下水脈となり、あちこちでしみ出している。

48歳の冒険　12・20

いかに卓越したアスリートでもあらがえない敵はいる。それは年齢であり、時間だろう。大リーグの歴史に名を刻むジム・パーマーという剛腕投手も例外ではなかった。

オリオールズで通算２６８勝をあげ、球界の栄誉はあらかた手に入れた。１９９０年には野球殿堂へ。その翌年のことである。再びグラブを携えてキャンプに現れた。引退から7年、45歳による現役復帰の挑戦を、働き盛りが陥る不安やうっ屈した心理になぞらえて「中年の危機」と冷ややかに見る人もいた。

年齢と空白期間の恐怖を野茂英雄さんから聞いたことがある。「引退前にはオフ返上で練習していた。休むほどに体力も感覚も取り戻すのが難しくなる」。パーマーの挑戦は故障もあって開幕前に終わったが、限界に挑む姿に最後は静かな拍手が送られた。

きのうに続き野球の話にお付き合い頂いたのは新庄剛志さんの姿が忘れ難いからである。先日、退団者を対象にした国内12球団の合同テストに臨んだ。強肩好打で日米をまたにかけて活躍してから空白は14年に及ぶ。

48歳の挑戦は無謀と呼ぶべきだろうが、1年間で肉体から無駄な脂肪をそぎ落とし、最後の打席では左前へ適時打を放った。その軌跡は鋭く美しかった。奔放な言動の内側にある彼の野球への誠実さを、プロ野球の最も厳しい生存競争が切り出された場所で見たように思う。

球団からの誘いはなく、自ら断念を表明したが、琴線にふれた中高年もいたろう。あらがう挑戦者を再び待ちたい。

スーホの画家　12・21

一度も旅したことのない場所なのに、一冊の本が風土や民情をありありと教えてくれることがある。当方にとってはモンゴルが舞台の絵本『スーホの白い馬』がまさにそう。モンゴルと聞くだけで、わが頭の奥を純白の馬が駆け抜ける。

羊飼いの少年スーホが育てた馬を、王が強引に奪い取る悲しい物語。天や地を描く壮大なタッチは鮮烈だ。描いたのは現地の画家かと思いきや、東京・下町生まれの赤羽末吉《あかばすえきち》さん。今年は生誕110年、没後30年という節目の年である。

今年評伝を刊行した親族の赤羽茂乃さん(68)によると、あくまで現場にこだわる画家だった。

少年の首飾りや草原の家々は、大戦中に内モンゴルを訪ねて目に焼き付けた。「雪国が舞台の民話を描く際は、秋田や新潟へ5年通って雪の重さや怖さを確かめました」

幼いころから絵に魅せられ、20代から15年間暮らした旧満州でも描き続けた。戦後は米国大使館に勤めつつ、挿絵や装丁の依頼を引き受ける。本格デビューは遅咲きの50歳だった。

絵で名が立った後も中国行きだけはためらった。再訪が実現したのは70代に入ってから。「戦争のとき、大人だった私は中国に対して罪人です。観光旅行なら来られないが、中国の役に立てるならと思ってやって来ました」。取材の旅で現地の人々に語った言葉に万感がこもる。

『あかりの花』『チワンのにしき』。近年、そんな中国で赤羽作品の翻訳が続く。罪の意識を乗り越え、絵本という大輪の花を大地に咲かせた。

2020・12月

ジャパン・アズ　12・22

1958年に来日した米国の社会学者が住んだのは「M町」の借家だった。住民の懐に飛び込み、冷蔵庫の選び方から子育て、嫁姑《よめしゅうとめ》の問題まで1年かけて根掘り葉掘り調べた。後にM町は千葉県の市川市だったと明かす。

若き日のエズラ・ボーゲルさんである。ハーバード大教授として79年に刊行した『ジャパン・アズ・ナンバーワン』はベストセラーに。経済発展を遂げた要因を解説し、日本人の自国観にも多大な影響を与えた。

組閣時に側近ばかりを厚遇せず、派閥均衡に努める首相。社員を社宅に住まわせ、社歌や運動会で忠誠心を育てる経営者。列挙された日本の「強み」は、いま読むと「そんなことまで褒められていたのか」と気恥ずかしい。

「この本は日本では発売禁止にした方がいい」。元駐日大使のライシャワー氏の評だ。日本が思い上がることを懸念したという。ボーゲルさん自身は刊行の狙いをこう説明する。「停滞した米国にとって日本こそ最善の鏡。米国の人々に目を覚ましてほしかった」

その後の日本は、バブル崩壊で失速し、「失われた20年」の間に低迷した。世界1位どころか、経済力はいずれ8位に落ちると予測される。民主主義の度合いは24位、男女格差では121位との指標も。残念ながら、どれもいまの実相だろう。

知日派のボーゲルさんが亡くなった。改めて著書を読むと、日本の弱みや将来への懸念も随所に論じられている。人口も経済も縮みゆくわが国に向けた警告の「鏡」でもあった。

＊12月20日死去、90歳

拍手の底力　12・23

指揮者の川瀬賢太郎さん(35)はこの夏、小さな発見をした。久々に聴衆の前でタクトを振った日、これまでは当たり前と思っていた拍手の表現力に聴き入った。「世界で一番好きな音は拍手だと気づきました」

今年、クラシック界は深刻な危機に直面した。川瀬さんも予定が5カ月にわたって白紙となった。これほど長い間、指揮台に立てなかったのは初めてのこと。音楽とは「不要不急」なものなのかと考え込んだ。

迷ったのは、正指揮者を務める名古屋フィルハーモニー交響楽団の「第九」を開くかどうか。「楽器と合唱がすし詰めになる第九はまさに密密密です」。何とか公演する手立てはないかと相談を重ねた。

そして迎えた先週末の本番。直前には、出演者の一人が「濃厚接触者」となって交代するハプニングにも見舞われた。例年200人の合唱団を28人に絞り、全員が客席から遠い2階席に立つ。口から胸まで覆う特製「歌えるマスク」を着けて臨んだ。

客席で取材した同僚によると、演奏後に来場者が送った拍手は異例の長さだったという。１２００人がいつまでもいつまでも喜びを手で表現した。歓声の代わりに「ブラボー」と書いた横断幕を掲げる人も。合唱団と楽団も互いの奮闘を拍手でたたえ合った。

大勢が同じ空間に集い、同じ音に身をゆだねる音楽という営み。「コンサートやライブには未来がない」といった悲観論も聞く。それでも各地の舞台に少しずつ音が戻ってきた。生の音色を生の拍手が支える。

四字熟語で振り返る　12・24

春先、首相の会見で慌ただしく始まった臨時休校。「児宅待機《じたくたいき》」で子どもも、仕事を休めぬ親もとまどった。コロナ、コロナで明け暮れた1年を、住友生命が募った「創作四字熟語」で振り返る。

31回目の今年は過去最多の2万2千編が寄せられた。照る日も降る日もマスクなしでは外出しづらい「全面口覆《ぜんめんこうふく》」が日常に。没個性の口元に飽き、趣向を凝らした「創意口布《そういくふ》」を楽しむ人も増えた。

巣ごもり生活を少しでも快適にしようと、だれもが「巣居工夫《そういくふう》」に努めた。出かけた先でも平熱を確かめ、「検温無事《けんおんぶじ》」でホッとする毎日。かたや、楽しみにしていた祭りや催しが津々浦々で中止される「多止祭催《たしさいさい》」には寂しさも覚える。

飲食業界は営業自粛の波でいまも四苦八苦が続く。隣の席とは2メートルの間隔を空ける「一《いっ》席二長《せきにちょう》」が奨励された。代わりに広まったのが「画伝飲酔《がでんいんすい》」ことオンライン飲み会。人と人との接し方が一変した年だった。

コロナ以外のできごとも多々。政界では前首相が在職歴代最長の「記録更晋《きろくこうしん》」のすぐ後に退陣し、後任は臥薪嘗胆《がしんしょうたん》ならぬ「菅新相誕《すがしんしょうたん》」。漫画から映画までどこへ行っても「鬼滅の刃《やいば》」を見ない日はなく、まさに「頻出鬼滅《ひんしゅつきめつ》」だった。

不安と疲労に耐えて治療の最前線に立ち続ける医療従事者のみなさんの「医心献身《いしんけんしん》」には、どれだけ感謝しても足りない。製薬大手がワクチン開発にしのぎを削る「薬家争鳴《やっかそうめい》」のさなか、日本での接種はいつ始まるのか。どうか来年は心穏やかに過ごせますように。

前首相の釈明　12・25

20年ほど前、1枚の反則切符が世間の耳目をひいた。ある人気歌手が高級車を違法に駐車する。だが名乗り出たのはそのマネジャー。「私に言ってくれたら身代わりはさせなかった」。発覚後の歌手の苦しい釈明が、わが頭の隅に残った。

マネジャーは犯人隠匿の罪で略式起訴され、罰金を科される。歌手を首相に、マネジャーを秘書に置き換えて考え込んでしまった。「桜を見る会」前日の夕食会をめぐる問題である。

捜査の結果、安倍晋三前首相の公設秘書がきのう略式起訴され、罰金100万円を科された。地元の山口県で安倍家に長く仕えてきた人という。当の前首相はおとがめなしだった。

「私が知らない中で行われた」「(秘書らが) 真実を私に話してもらえれば、こうした事態にはならなかった」。きのうの会見でそう語った前首相は、ときに手元の資料を読み違え、ときに目がせわしなく動いた。

首相在任中の強気の答弁を思い出す。「私がここで話しているのがまさに真実」「総理大臣として答弁することについてはすべての発言が責任を伴う」。偽りの答弁の総数は推定118。さすがに陳謝したが、それでも国民の範たるべき人物である。国会の場でウソを連発した責任は重い。秘書が虚偽の報告を貫いたのか。あるいは秘書が身代わりを買って出たのか。真相を知るよしはないが、どちらの場合であれ、これがふつうの会社なら、社長はまちがいなく監督責任を負うだろう。「知らなかった」では済まされない。

なかにし礼さん逝く　12・26

1970年の紅白歌合戦は、なかにし礼さんの独壇場となった。「手紙」「あなたならどうする」「今日でお別れ」……。作詞した5曲が年の瀬の街にこだました。

〈海猫《ごめ》が鳴くから　ニシンが来ると　赤い筒袖《つっぽ》の　やん衆がさわぐ〉。75年のヒット曲「石狩挽《ばん》歌《か》」を初めて聞いたとき、詞の難解さに耳を奪われる。北海道の漁業の衰退が主題とわかり、社会性の高さにうなった。かと思うと、男女のもつれた恋情を微細に描く歌詞も多く、少年だった私はテレビの前でドギマギした。

高度成長期の歌謡界をリードした作詞家が今週、82歳で亡くなった。シャンソンの訳から出発し、演歌やアニメの主題歌も含め、4千を超す曲を世に出した。直木賞作家でもあった。

旧満州に生まれ、6歳の夏に終戦を迎えた。ソ連軍の侵攻を受け、母や姉とともに逃げまどう。いつまでも帰国がかなわず、母国に見放されたと痛感。国家の酷薄さを身をもって知った。

そうした経験が、なかにし流の個人主義と平和主義を生んだ。「エロスがなければ平和はない。戦争がないからこそ軟派で不良な時間を楽しめる」。歌詞や私生活がときに議論を呼んでも意に介さなかった。いまの憲法を「世界に誇れる芸術」と評し、自らの創作の原動力は「戦争への甘美なる復讐《ふくしゅう》」だと語った。

ふりかえれば今年は、戦後の歌謡界で輝く巨星が相次いで旅立った。筒美京平、中村泰士、そして、なかにし礼。何歳になっても彼らが残した名曲にドギマギし続けたい。

＊中村泰士さん＝12月20日死去、81歳。なかにし礼さん＝12月23日死去、82歳

新型コロナの変異種　12・27

原稿は一字一句正確に印刷されるべきだが、間違えることもある。コンピューターなどない活版印刷の時代は、活字を誤って拾ってしまう「誤植」がときおり起きた。

1937年、近衛内閣が発足した時の東京朝日新聞の記事がある。首相声明で「社会正義に基

づく施策を出来るだけ実施」とすべきところを「社会主義に基づく……」とやってしまった。読んだ人は一瞬、革命政権が生まれたかと、ぎょっとしたかもしれない。

まるで誤植のようなことが感染症の世界にもあるらしい。ウイルスは自分の遺伝情報をもとにコピーを生み出していくが、日常的に小さなミスコピーが起きて変異種が現れる。多くの場合、性質に変化はないものの、まれに感染しやすくなったり、毒性が強くなったりする。

英国で見つかった新型コロナウイルスの変異種は、感染力が最大7割強くなったという。世界各国そして日本でも確認されており、要警戒である。かつてスペイン風邪で第1波より第2波の被害が大きかったのは、ウイルスが変異したためとの見方もある。

無症状の人からも感染が広がる新型コロナは「賢いウイルス」と言われてきた。願わくは今後は、毒性が弱くなる方向に賢くなってくれれば。その身を宿した人間を殺さず、共生できる方向に。

もちろんそう都合よくいくはずはなく、まず賢い行動をとるべきは人間のほうである。自分の生活を見直し、感染防止の手を打つ。賢明に。懸命に。パソコンによる誤変換ではありません。

アラブの春10年　12・28

フランス革命と聞いて、思い浮かべるのは何だろう。自由と平等という崇高な理念か。革命の中で生まれた、おぞましい恐怖政治か。明治の民権思想家中江兆民は、革命の意義を認めつつも複雑な思いを抱いていたようだ。

遅塚忠躬《ちづかただみ》著『フランス革命』によると、革命の指導者で、政敵を次々に断頭台に送ったロベスピエールについて兆民が書いている。「酷暴《こくぼう》ヲ恣《ほしいまま》ニシ、威刑《いけい》ヲ以テ政ノ主旨ト為《な》シ（残酷な暴力をふりまわして恐怖政治をおこない）……殆《ほと》ンド専制ノ君主ト異ナルコト無キニ至ル」

恐怖政治から社会の混乱へ。革命が幕を開けてから10年後、軍人ナポレオンによる独裁が始まった。さて話は「アラブの春」である。

２０１０年12月にチュニジアの青年が焼身自殺したのが契機となり、中東で民主化運動が燎原《りょうげん》の火のごとく広がった。10年後のいま、伝わってくるのは悲惨な話ばかりだ。エジプトでは政権が打倒されたものの、数年後に生まれた政権はさらに人々を抑圧している。内戦となったシリアでは一体どれだけの人間が殺されたのか。

アラブの春などなかった方がよかったのか。そんな問いが報道で目につく。しかし歴史は後退しているように見えて、ジグザグの経路で前に進んでいくものだ。フランス革命がそうだったように。

「何年後かはわからないが、第2、第3のアラブの春は必ず起きるはずだ」。エジプトのジャーナリストの言葉が先日の紙面にあった。人々の胸にあるのは決して絶望だけではない。

時を戻そう　12・29

今年の流行語大賞はコロナ関連が目白押しだったが、候補には漫才コンビ「ぺこぱ」の台詞《せりふ》「時を戻そう」も入っていた。ご存じない方のために説明すると、話があらぬ方向に展開したときに最初からやり直すことができる、そんなひと言である。

考えてみれば政界にも「時を戻そう」と言いたげな人びとがいる。たとえば多人数で会食したことが批判された菅義偉首相。国民に会食を控えるよう求めた記者会見で、まず自分の会食について謝罪するというかっこわるい展開となった。

不義理をしてもステーキ店に行かなければよかったと、後悔しても先に立たずである。それにしても「静かなマスク会食」は実践したのだろうか。

桜を見る会の夕食会では資金の補塡《ほてん》が明らかになったが、秘書にウソをつかれて知らなかったというのが安倍晋三氏の説明である。疑いを持つべきだったとして、「5千円で賄えていないことを前提に秘書に質《ただ》していれば……」と語っていた。

いや5千円で足りるはずがないとあれほど国会で言われていたのに、というツッコミは想定していないらしい。野党はというと、旧民進党の面々が結局合流した。覆水を盆に返すような行動からは、3年前に分裂していなければという恨み節が聞こえてきそうだ。

ちなみにぺこぱの持ち味は、突っ込まないツッコミ、すなわち優しいツッコミである。彼らならこう言うか。「いや秘書の言葉を疑わなくてもいい、素直な心を持った政治家がいたっていい」。まさか。

初詣のこと　12・30

明治生まれの歌人、斎藤茂吉が少年時代の初詣のことを書いている。今とはかなり違っていたようで、その日が近づくと冷たい水を毎朝浴び、魚も虫も殺さないように努める。父と一緒に2

日がかりで歩いて、山岳信仰の地へ向かう。

山道では雨と風にたたられ、笠を飛ばされてしまう。凍った谷を渡ると滑りそうになり、腹ばいになって進む。「今時のやうに途中まで汽車で行くのではない」と茂吉は随筆で振り返っている。

列車に乗って、川崎大師や成田山新勝寺など有名な社寺に大挙して出かける。そんな初詣の風景は、明治から大正にかけて定着していったのだと平山昇著『初詣の社会史』で学んだ。郊外へ線路を延ばした鉄道会社が、一種の行楽として宣伝に力を入れた。

「密」が当たり前の国民的行事が、大きな変化に見舞われている。感染防止のため参拝が三が日に集中しないよう求められ、鉄道会社は大みそかの終夜運行を取りやめる。

きのう近所の神社をのぞくと、もう「初詣」が始まっていた。分散を促すため正月の縁起物が早めに並べられ、破魔矢などを手にする人がいた。なるほど何を初詣と考えるかは気持ちの問題であろう。参拝なのか行列に並びに行ったのか分からないよりは、よほど心穏やかかもしれない。

接触を避けるためスマホを使ったおみくじを始めた神社もある。車に乗ったまま受けられる祈《き》禱《とう》もお目見えするという。これからの正月風景を少し変えるかもしれない、そんなコロナの時代である。

年を惜しむ　12・31

毎年暮れに思うんですがね……と落語家の柳家小三治さんが話の枕で語り出す。年を惜しむ気持ちになるような1年がいつか来ないものかと。「ほんとにいい年だったよ。年が替わるのがもったいないぐらいだよ」とみんながにこにこするような年が。

記憶にある限り一ぺんもありませんでしたね、あたしの性格が悪いんでしょうか、とは小三治さんの感慨である（『ま・く・ら』）。惜しむというよりも忘れたい。例年にもまして痛感する年である。

仕事がなくなる。なくならないまでも普段通りにいかない。大切な人に会えなくなる。しかしそれでも。いやだからこそ。思うに任せなかった1年のなかに小さな輝きを探してみたくなる。大みそかくらいは。

写真家の斎藤陽道《はるみち》さんは撮影の仕事がなくなり、いつもどこかに出かけていた生活が一変した。「何をしたらいいんだろう」と戸惑った末、荒れ放題だった庭の草をむしった。そこにヒマワリの種を植えてみたと雑誌『ちゃぶ台』の秋／冬号に書いている。

そして始めたのが「定点観測写真」である。ヒマワリは1歳半の次男の背を、そしてすぐに4歳半の長男の背を抜いていく。撮り続け、咲いた花をぼんやりながめる。そんな数カ月を「よどむ日々を浄《きよ》めた時間」と表現した。

多くの人が否応《いやおう》なく定点を持つことになったのがコロナ生活なのだろう。そこにあった小さな幸せは、家族が発したひと言だったか。手にとった本や音楽だったか。思い起こす時間があってもいい。

2020・12月

主な出来事　2020年7月—12月

（海外の出来事は現地時間）

7月1日　プラスチック製レジ袋が原則有料化された。プラごみ削減のために小売店で義務付け
3日　世界的な株安で、2019年度の公的年金の積立金運用が8・2兆円の赤字と発表
4日　九州を中心に各地で記録的な豪雨。熊本県では球磨川が氾濫《はんらん》。特別養護老人ホームで14人が死亡するなど、65人が犠牲に。全国では死者82人、行方不明4人
5日　東京都知事選が投開票され、現職の小池百合子氏が再選された
8日　公選法違反事件をめぐり、河井克行前法相、案里参院議員を買収罪で起訴
15日　第163回芥川賞に高山羽根子さん『首里の馬』、遠野遥さん『破局』、直木賞に馳星周さん『少年と犬』が選ばれた
16日　将棋の藤井聡太七段が最年少で初タイトル。棋聖戦五番勝負で渡辺明棋聖を破る
　映画監督の森崎東さん死去、92歳。庶民の暮らしと反骨精神を明るく描いた
17日　2021年に延期された東京五輪の競技日程発表。五輪史上最多の33競技339種目
21日　ファッションデザイナーの山本寛斎さん死去、76歳
22日　「Go To トラベル」開始。東京都内への旅行や東京都民は対象外
　米軍基地移設予定地の沖縄県名護市辺野古沖のサンゴを巡り、県が国を提訴
23日　ALS患者に対する嘱託殺人容疑で医師2人を逮捕。8月13日に起訴された
25日　アフリカのモーリシャスで、日本企業が運航する大型貨物船が座礁。燃料油が流失
29日　黒い雨訴訟で初の司法判断。援護対象区域外でも「被爆者」と広島地裁が認定した
30日　景気拡大が71カ月で終了。内閣府が18年10月に終わっていたと認定した

8月1日　台湾の李登輝元総統が台北市内の病院で死去。97歳
3日　歌舞伎座が5カ月ぶりに再開。コロナ感染防止策で客席は半分以下に
4日　セブン&アイ・ホールディングスが米コンビニ3位「スピードウェイ」の買収発表
5日　中東のレバノンで薬品が大爆発。首都ベイルートで約200人が犠牲になった
6日　19年度のふるさと納税の寄付総額が7年ぶりに減少した。前年度より252億円少ない4875億円。高額返礼の規制が影響
10日　広島への原爆投下から75年の節目となる「原爆の日」
　　2020年甲子園高校野球交流試合が開幕。中止となった選抜大会に選ばれていた32校が17日まで1試合ずつ戦った
15日　テレビや映画で活躍し、石原プロを引き継いだ俳優の渡哲也さん死去、78歳
　　香港民主派を逮捕。中国に批判的な論調の香港紙「リンゴ日報」創業者ら
　　75回目の終戦の日。政府主催の戦没者追悼式はコロナ禍で参列者が過去最少
　　閣僚4人が靖国神社参拝。終戦の日では第2次安倍政権発足後で最多
17日　浜松市で41・1度を記録。18年7月に熊谷市で観測された国内最高気温に並んだ
19日　米民主党が11月の大統領選の候補者にバイデン前副大統領を正式指名
20日　IR事業をめぐる汚職事件に絡み、秋元司衆院議員を証人買収の疑いで逮捕
22日　漫才師の内海桂子さん死去、97歳。故・内海好江さんと組み、時事ネタで人気に
25日　11月の米大統領選に向け、共和党がトランプ氏を候補者に正式指名
28日　安倍首相が辞任表明。潰瘍性大腸炎再発が理由。7年8カ月余の史上最長政権に幕
29日　供給量が大幅に増えたとしてマスクなどの転売禁止解除

8月31日　東京都練馬区の遊園地「としまえん」が閉園。94年の歴史に幕を閉じた
9月1日　厚生年金保険料を引き上げ。月収63万5千円以上の人が対象
　　　　7月の有効求人倍率は7カ月連続で悪化。コロナ原因の失職は5万人超に
2日　青森県むつ市の使用済み核燃料中間貯蔵施設が新規制基準に適合。原子力規制委員会が認める。原発敷地外の専用施設は国内初
10日　枝野幸男氏が、立憲民主党と国民民主党などが合流した新党「立憲民主党」の代表に
12日　テニスの全米オープン女子シングルスで大坂なおみが優勝。18年以来2度目
　　　　黒沢清監督に銀獅子賞。「スパイの妻」がベネチア国際映画祭で監督賞を受賞
14日　菅義偉官房長官が自民党新総裁に選出。岸田文雄政調会長、石破茂元幹事長を大差で破る
15日　アラブ首長国連邦とバーレーンがイスラエルと国交樹立の文書に署名。米政権が仲介
16日　菅内閣が発足。菅氏が臨時国会で第99代首相に選出され、8人の閣僚を再任するかたちで自公連立の新内閣を発足
18日　警視庁などが、オーナー商法のジャパンライフ元会長ら14人を詐欺容疑で逮捕
19日　新型コロナウイルス感染拡大防止のためのイベント開催制限が大幅に緩和された
21日　女性における70歳以上の割合が、初めて「4人に1人」に。総務省が推計
23日　東電の原発再稼働の「適格性」を認定。原子力規制委員会が、柏崎刈羽原発の審査で安全に対する基本姿勢を了承
　　　　歌手のジュリエット・グレコさん死去、93歳。仏シャンソン界の大御所だった
27日　俳優の竹内結子さん死去、40歳。「ランチの女王」など多くのドラマ、映画に出演
29日　持ち株会社のNTTが、NTTドコモを完全子会社化すると発表

30日　原発事故の避難者集団訴訟、初の二審判決。仙台高裁が、国と東電の責任を認定

10月1日　日本学術会議会員への任命拒否。同会議が推薦した105人の候補者のうち、菅首相が6人を除外して任命

2日　東京証券取引所がシステム障害で終日、取引停止。1999年のシステム化後初

4日　8月の完全失業率が3年3カ月ぶりの3％台に上昇。完全失業者も200万人突破

7日　ファッションデザイナーの高田賢三さんが、新型コロナウイルス感染で死去。81歳

9日　作曲家の筒美京平さん死去、80歳。「木綿のハンカチーフ」など、ヒット曲多数

12日　ノーベル平和賞に国連世界食糧計画（WFP）。飢餓の現場に食糧を届ける努力を評価

13日　平等院鳳凰堂、創建時の扉に菩薩の絵を発見。平安時代の扉から確認したと平等院（京都府宇治市）が発表。国宝級か

15日　非正社員の退職金・賞与なし、「不合理とまで評価できない」。最高裁が判決

19日　正社員との待遇格差は「不合理」。扶養手当や有休格差をめぐる日本郵便の契約社員の訴えに最高裁が判決

21日　中国の7～9月期の実質GDPは前年同期比4・9％増で2期連続の増加

24日　JR東日本が来春、首都圏の在来線の終電を最大37分程度繰り上げると発表

25日　核兵器禁止条約が発効へ。批准の国・地域が50に達し、2021年1月に発効する

26日　「国立工芸館」が金沢でオープン。正式名称は東京国立近代美術館工芸館。東京・北の丸公園から移転した

31日　菅義偉首相が、就任後初の所信表明演説。脱炭素化の目標などを打ち出す

俳優のショーン・コネリーさん死去、90歳。映画「007」シリーズの初代ジェーム

ズ・ボンド役。年齢を重ねてからの演技も評価された
11月1日　大阪市を廃止して四つの特別区に再編する「大阪都構想」が住民投票で否決される
6日　新型コロナの影響で解雇や雇い止め（見込み含む）の失職者7万人超え
7日　米大統領選でバイデン氏が当選確実と米メディアが報道。バイデン氏は勝利演説するも、トランプ氏は敗北を認めず
8日　憲政史上初、立皇嗣の礼。秋篠宮さまが皇位継承順位第1位の皇嗣になった儀式
プロ野球巨人の坂本勇人が2千安打達成。31歳10カ月で、史上2番目の若さ
9日　新型コロナの世界感染者数が5千万人超える。死者は125万人超となり、増加のペースが速まる
12日　ノーベル物理学賞を受賞した小柴昌俊・東京大特別栄誉教授が死去、94歳
上方歌舞伎の第一人者で人間国宝の坂田藤十郎さんが死去、88歳
15日　野口聡一飛行士らを乗せた米国の新型民間宇宙船「クルードラゴン」打ち上げ成功
17日　核のごみの最終処分場選定に向けての初の文献調査が開始された。北海道の寿都《すっつ》町と神恵内《かもえない》村での計画を経産省が認可した
18日　柳美里さんに全米図書賞。米国の権威ある文学賞の翻訳文学部門を『JR上野駅公園口』で受賞した
20日　漫画家の矢口高雄さん死去、81歳。代表作『釣りキチ三平』で釣りブームに
22日　囲碁の藤沢里菜女流名人が男女競合の公式戦で優勝。女性初の覇者に
24日　札幌市と大阪市は「Ｇｏ Ｔｏ トラベル」除外。感染拡大を受け、政府が事業から一時的に外すことを決定

25日　米ダウ工業株平均が初の3万ドルに。米ニューヨーク株式市場で史上初めての大台
　Jリーグとプロ野球で初の同日年間優勝決定。川崎は2年ぶり3度目、ソフトバンクは4連覇を達成した
　サッカー元アルゼンチン代表で世界的なスター、マラドーナさん死去、60歳
29日　競馬のジャパンカップでアーモンドアイが優勝。史上初の「3冠馬3頭対決」を制し、引退レースに花を添えた
30日　秋篠宮さまが55歳に。会見で長女眞子さまの結婚を「認める」と発言
12月1日　今年の「ユーキャン新語・流行語大賞」が発表され、「3密」が年間大賞に
3日　NTTドコモが、月2980円の新しい携帯料金プランを発表。競争激化へ
4日　大飯原発、設置許可取り消し。国が関電に与えた大飯原発3、4号機の設置許可を大阪地裁が取り消す判決
5日　死刑囚として初めて再審無罪となった「免田事件」の免田栄さん死去、95歳
6日　小惑星探査機「はやぶさ2」、カプセル帰還。オーストラリア南部で回収成功。リュウグウの砂が入っているのも確認された
7日　原子核物理学者で東京大学総長や文部相を務めた有馬朗人さんが死去、90歳
　「小松の親分さん」などで知られたコメディアンの小松政夫さん死去、78歳
8日　英国で新型コロナのワクチン接種が始まる。米製薬大手ファイザー製
9日　75歳以上医療費負担増の対象が決まる。年金収入の単身世帯の場合は年収200万円以上。政府・与党が合意
14日　石綿訴訟で国に賠償を命じる判決が最高裁で確定。元作業員の個人事業主らを救済

12月15日　「Go To トラベル」、全国での一時停止を菅首相が表明。コロナの感染拡大を受けて、28日〜1月11日を対象に
17日　座間9人殺害で一審死刑判決。強盗・強制性交殺人などの罪で白石隆浩被告に
　伝統建築工匠の技が、ユネスコ無形文化遺産に登録決定。歴史的な木造建造物の保存修理に欠かせない17件の技術
20日　作詞作曲家、歌手の中村泰士さん死去、81歳。作曲に「喝采」「北酒場」など
22日　エズラ・ボーゲルさん死去、90歳。著書に『ジャパン・アズ・ナンバーワン』など
23日　死刑が確定した袴田巖さんについて、最高裁は再審の判断を高裁に差し戻した
　作詞家・作家のなかにし礼さん死去、82歳。作詞に「今日でお別れ」「北酒場」「天使の誘惑」「手紙」など。小説『長崎ぶらぶら節』で第122回直木賞受賞
24日　安倍晋三前首相の公設秘書に罰金100万円。桜を見る会前日の夕食会費用の報告書不記載で。安倍氏は不起訴。国会答弁が事実と相違したことは認めるも、辞職は否定
　画家の安野光雅さん死去、94歳。独創的な作品が海外でも高く評価。文化功労者
25日　新型コロナウイルスの変異型が国内で初確認された。英国から到着した10歳未満から60代の男女5人。空港検疫で
27日　立憲民主党の羽田雄一郎参院幹事長が新型コロナで死去。羽田孜元首相の長男。53歳
28日　アニメ映画「劇場版『鬼滅の刃』無限列車編」が興行収入新記録と配給会社が発表。324億円に達し「千と千尋の神隠し」を抜く
　フランスの伝説的ファッション・デザイナーのピエール・カルダンさん死去、98歳
31日　世界の新型コロナウイルス感染状況＝感染者約8333万人、死者約181万人

人名索引

＊50音順。読み方の不明なものについては、通有の読み方で配列した。

サ　行

ハ　行

マ　行

朝日新聞朝刊のコラム「天声人語」の2020年7月―12月掲載分をこの本に収めました。

まとめるにあたって各項に表題をつけました。簡単な「注」を付した項目もあります。新聞では文章の区切りに▼を使っていますが、本書では改行しました。年齢や肩書などは原則として掲載時のままです。掲載日付のうち欠けているのは、新聞休刊日のためです。「天声人語」は、山中季広、有田哲文が執筆を担当しています。上田真由美、津田六平が取材・執筆を補佐しました。

山中季広《やまなかとしひろ》

1963年生まれ。86年、朝日新聞社入社。社会部や国際報道部に在籍し、朝日新聞阪神支局襲撃、佐川急便事件、米同時多発テロなどを取材した。ニューヨークに2度、香港に1度駐在した。

有田哲文《ありたてつふみ》

1965年生まれ。90年、朝日新聞社入社。政治部員、経済部員、ロンドン特派員を歴任。財政や金融に関する取材が長く、リーマン・ショックやギリシャ債務危機を報道。

天声人語《てんせいじんご》 2020年７月―12月

2021年３月30日　第１刷発行

著　者　　朝日新聞論説委員室
発行者　　三宮博信
発行所　　朝日新聞出版
〒104－8011　東京都中央区築地５－３－２
電話　03－5541－8832（編集）
　　　03－5540－7793（販売）

印刷所　　凸版印刷株式会社

Published in Japan by Asahi Shimbun Publications Inc.
ISBN978-4-02-251751-7
定価はカバーに表示してあります。